Sir Arthur Conan Doyle

Ausgewählte Werke ~ Band 3

Im Giftstrom

Sir Arthur Conan Doyle

Im Giftstrom

ROMAN

HERAUSGEGEBEN VON OLAF R. SPITTEL

VERLAG 28 EICHEN
BARNSTORF

Übersetzung aus dem Englischen von Leopold Wölfling
(d.i. Leopold Ferdinand Salvator).
Originaltitel: The Poison Belt.
Erstveröffentlichung 1913.
Deutsche Erstausgabe: Conan Doyle, Im Giftstrom,
Carl Stephenson-Verlag, Wien, I. – Leipzig 1923.
Der Phantastischen Bücher Zweiter Band.
Die Rechtschreibung wurde beibehalten,
Fehler wurden stillschweigend korrigiert.

Die Deutsche Bibliothek verzeichnet diese Publikation
in der Deutschen Nationalbibliographie.
Detaillierte bibliographische Daten sind im Internet über
http://dnb.ddb.de abrufbar

ISBN 3-9809387-5-1
© by Verlag 28 Eichen, Barnstorf 2006
Titelfotografik: © by Olaf R. Spittel 2005
Schattenriß auf Seite 2 aus: Bernhard Fehr: Die englische Literatur des 19.
und 20 Jahrhunderts. Akademische Verlagsgesellschaft Athenaion,
Berlin-Neubabelsberg 1923 – nach: Bookman 1912

Inhalt

I. Die Linien verschwimmen.

Ich fühle mich bewogen, diese ganz erstaunlichen Ereignisse jetzt sofort niederzuschreiben, solange ihre Einzelheiten noch frisch in meinem Gedächtnis ruhen, ohne bereits vom Strom der Zeit verwischt worden zu sein.

Als ich vor einigen Jahren in den Spalten der „Daily Gazette" die sensationelle Reise beschrieb, durch die Professor Challenger, Professor Summerlee, Lord John Roxton und ich in eine so merkwürdige Gegend Südamerikas verschlagen wurden, habe ich es mir allerdings nicht träumen lassen, daß ich jemals in die Lage kommen würde, von einem weit seltsameren Erlebnis zu berichten, einer Sache, die sich über alle bisherigen Geschehnisse der menschlichen Geschichte berghoch erhebt. Das Ereignis an sich ist, wie gesagt, wunderbar, die Art und Weise jedoch, wie wir vier zur Zeit dieser Episode zusammenkamen und sie nun als Beobachter miterleben konnten, wurde ganz einfach und logisch herbeigeführt. Ich will mich nun bemühen, alle Umstände, die vorhergingen, so kurz und deutlich wie möglich zu erklären, obwohl ich ganz gut weiß, daß dem Leser die ausführlichste Mitteilung am willkommensten wäre. Das öffentliche Interesse für diese Angelegenheit hat ja bekanntlich noch immer nicht nachgelassen.

Es war also an einem Freitag (jenem siebenundzwanzigsten August, der für immer denkwürdig in der Weltgeschichte sein wird), als ich mich in die Redaktion meiner Zeitung begab, um von Mr. Mac Ardle, dem Leiter der Abteilung „Neuigkeiten", einen dreitägigen Urlaub zu erbitten.

Der biedere alte Schotte schüttelte den Kopf, kraulte sich nachdenklich die flaumigen Reste seines rötlichen Haares und kleidete seine Abneigung gegen eine Gewährung meines Ersuchens in die Worte:

„Sehen Sie, Mister Malone, wir hätten gerade in den nächsten Tagen etwas ganz Besonderes für Sie gehabt, eine Sache, sage ich Ihnen, die ganz einfach nur Sie so durchführen können, wie sie eben durchgeführt werden soll."

„Das tut mir wirklich leid", erwiderte ich und versuchte, meine natürliche Enttäuschung nach Möglichkeit zu verbergen, „selbstverständlich, wenn Sie mich brauchen, ist ja die Sache erledigt. Allerdings wäre meine Angelegenheit dringend – und wenn es also doch irgendwie möglich wäre, daß ich entbehrt werden könnte – "

„Es geht leider absolut nicht." Das war bitter, aber ich mußte eben gute Miene zum bösen Spiel machen. Schließlich hätte ich vom Anfang an wissen müssen, daß ein Journalist niemals auf eigene Faust über sich und seine Zeit verfügen kann.

„Dann werde ich mir die Sache aus dem Kopfe schlagen", sagte ich so heiter, als es mir in meiner Stimmung möglich war. „Was für eine Aufgabe hätten Sie denn für mich?"

„Ich möchte, daß Sie diesen Teufelskerl da drunten in Rotherfield interviewen."

„Wie – Sie meinen doch nicht etwa gar Professor Challenger?" rief ich.

„Gerade ihn meine ich – natürlich. Er hat vorige Woche den jungen Alex Simpson vom ‚Courier' beim Kragen und an den Hosenträgern erwischt und ihn so eine Meile lang hinter sich über die Landstraße hergeschleift. Sie werden ja wohl im Polizeibericht darüber gelesen haben. Unsere Jungens würden ebenso gern einen aus dem Zoo entwischten Alligator interviewen. Sie sind der einzige Mensch, der das machen könnte – Sie, der langjährige Freund dieses Krokodils."

„Ah!" sagte ich erleichtert, „das vereinfacht die Sache bedeutend. Ich wollte Sie nämlich um Urlaub bitten, um Professor Challenger zu besuchen. Es kommt jetzt der Jahrestag eines ganz besonderen Abenteuers, das wir vier zusammen erlebt haben und da hat er uns alle eingeladen, ihn zu besuchen und mit ihm den Tag zu feiern."

„Famos!" rief Mac Ardle, indem er sich die Hände rieb und mich durch seine Brillengläser freudestrahlend anfunkelte. „Dann werden Sie ja genug des Interessanten aus ihm herausbringen können. Wäre er nicht er, würde ich alles für leeres Geschwätz halten, aber der Mann hat schon einmal

9

in einem ähnlichen Falle Recht behalten und wer weiß, was diesmal wieder eintreten kann."

„Was soll er mir denn so Besonderes mitteilen?" fragte ich, „was ist denn geschehen?"

„Ja, haben Sie denn nicht seinen Brief über die ‚Wissenschaftlichen Möglichkeiten' in den heutigen ‚Times' gelesen?"

„Nein."

Mac Ardle tauchte unter den Tisch und fischte eine Zeitung vom Fußboden auf.

„Bitte, lesen Sie laut", sagte er, indem er mich auf eine Stelle hinwies. „Denn ich weiß nicht, ob ich alles genau verstanden habe und würde es gerne noch einmal von Ihnen hören."

Ich las also folgendes vor:

„Wissenschaftliche Möglichkeiten.

Geehrter Herr!

Mit stillem Ergötzen, dem jedoch auch einige weniger schmeichelhafte Empfindungen beigemengt waren, habe ich den außerordentlich selbstzufriedenen und außerordentlich albernen Brief des James Wilson Mac Phail gelesen, den Sie kürzlich in Ihrem Blatte. brachten und der das Verschwimmen der Frauenhofer'schen Linien in den Spektren der Planeten wie auch der Fixsterne behandelte. Jener Herr bezeichnet die Sache als völlig belanglos. Ein etwas schärferer Verstand allerdings würde dieser Erscheinung besondere Bedeutung beimessen, da sie letzten Endes das Wohl und Wehe aller Lebewesen berühren kann. Ich kann ja wohl nicht damit rechnen, daß es mir möglich sein würde, mit wissenschaftlichen Fachausdrücken das Verständnis jener geistig abgestumpften Kreise zu erreichen, welche gewohnt sind, ihr Wissen aus den Spalten einer Tageszeitung zu schöpfen. Ich will es daher versuchen, mich dem beschränkten Fassungsvermögen eben dieser Kreise anzupassen und die Sachlage durch ein handgreifliches Beispiel zu illustrieren, das sich wohl innerhalb der Verstandesgrenzen Ihrer Leser bewegen wird."

„Ein unglaublicher Kerl!" rief Mac Ardle aus. „Der könnte selbst das Gefieder einer neugeborenen Turteltaube zum Sträuben bringen und in der sanftesten Quäkerversammlung einen Aufruhr provozieren. Nun begreife ich auch, daß ihm der Boden Londons zu heiß geworden ist. Schade, Mister Malone, denn er ist wirklich ein bedeutender Kopf. Nun, jetzt wollen wir einmal den Vergleich hören."

Ich fuhr fort:

„Nehmen wir an, daß ein kleines Bündel miteinander verknüpfter Korke durch den Atlantischen Ozean in einer langsamen Strömung dahintreibt. Tag für Tag schwimmen die Korke unter stets gleichmäßigen Verhältnissen langsam weiter. Hätten diese Korke einen ihnen angemessenen Verstand, so würden sie wahrscheinlich überzeugt sein, daß dieser Zustand der Dinge ewig gleichbleibend ist. Wir aber, mit unserem so überlegenen Fassungsvermögen, wissen, daß sich vielleicht etwas ereignen kann, worauf die Korke nicht gefaßt sind. So könnten sie an ein Schiff oder einen schlafenden Walfisch treiben oder sich in Seetang verwickeln. Letzten Endes aber müßte ihre Reise damit enden, daß die Korke irgendwo an die Felsküste Labradors geworfen werden würden. Aber sie ahnen nichts von all dem, da sie doch so sanft und gleichmäßig Tag für Tag in einem, wie sie annehmen, unbegrenzten und ewig gleichmäßigen Ozean weiterschwimmen.

Ihre Leser werden vielleicht schon begreifen, daß ich in diesem Gleichnis mit dem Ozean den unendlichen Äther meine, durch den wir treiben und daß die zusammengebundenen Korke das kleine, unbedeutende Planetensystem darstellen sollen, welchem wir angehören. Eine Sonne dritten Grades, mit einem Pack von unbedeutenden Satelliten hinterher, treiben wir unter stets gleich scheinenden Verhältnissen einem unbekannten Ende zu, einer ganz abscheulichen Katastrophe, die uns in den äußersten Grenzen des Raumes ereilen wird, wo wir über einen Äther-Niagara hinabstürzen oder an einem unsichtbaren Labrador zerschellen werden. Ich teile den seichten und unwissenden Optimismus Ihres Korrespondenten James Wilson Mac Phail keineswegs, sondern glaube vielmehr, daß es geboten wäre, eine Veränderung unserer kosmischen Umgebung, welche schließlich unser aller Schicksal bedeuten kann, auf das Genaueste zu erforschen."

„Mensch, das wäre doch ein fabelhafter Prediger geworden", meinte Mac Ardle. „Seine Worte dröhnen wie eine Orgel. Aber sehen wir weiter, was ihm eigentlich solche Sorgen bereitet."

„Das Verschwimmen und Verschwinden der Frauenhofer'schen Linien im Spektrum weist meiner Ansicht nach auf eine Veränderung im Kosmos hin, eine Veränderung von ganz besonderer Art. Das Licht der Planeten ist bekanntlich der Reflex des Sonnenlichtes. Das Licht der Fixsterne hingegen strömt aus ihnen selbst hervor. Nun zeigt gegenwärtig sowohl das Spektrum der Planeten wie das der Fixsterne dieselbe Veränderung. Kann der Grund hiezu wirklich an allen diesen Planeten und Fixsternen selbst liegen? Das halte ich für ausgeschlossen. Von welcher gemeinsamen Veränderung sollten sie plötzlich alle befallen worden sein? Oder ist vielleicht der Grund eine Veränderung der Erdatmosphäre? Das wäre eventuell möglich, ist jedoch nicht wahrscheinlich, da wir hiefür kein sichtbares Anzeichen haben und diesbezügliche chemische Analysen ergebnislos geblieben sind. Was gibt's also für eine dritte Möglichkeit? Eine Veränderung in dem so unendlich feinen Äther, dem lebenden Medium, das Stern mit Stern verbindet und das ganze Weltall ausfüllt. Tief unten in diesem Ozean treiben wir in langsamer Strömung dahin. Ist es nun nicht möglich, daß diese Strömung uns in Ätherzonen führt, welche uns neu sind und Eigenschaften besitzen, von welchen wir nie etwas erfahren haben? Irgend eine solche Veränderung im Äther dürfte vorhanden sein, die kosmische Veränderung des Spektrums spricht dafür. Dieser Umstand kann günstig für uns sein, kann Gefahren für uns bergen und kann drittens mit keinerlei Wirkung für uns verbunden sein. Wir wissen vorläufig gar nichts darüber. Einfältige Beobachter mögen die ganze Angelegenheit als unbedeutend abtun, jemand aber, der wie ich, einen doch etwas schärferen Verstand besitzt, muß begreifen, daß die Möglichkeiten, die im Weltall ruhen, unbegrenzt sind und daß der am klügsten ist, der stets auf Unvorhergesehenes vorbereitet ist. Um nun mit einem augenfälligen Beispiel zu kommen: Wer kann beweisen, daß jener allgemeine Ausbruch einer geheimnisvollen Krankheit bei den eingeborenen Stämmen Sumatras, von dem Ihrem Blatte gerade am selben Morgen berichtet wurde, nicht irgendwie im Zusammenhange mit jener angenommenen kosmischen Veränderung steht, auf welche eben diese Völker früher reagieren mögen, als die komplizierteren Europäer? Das wäre eine Frage, die sich derzeit weder mit Ja noch mit Nein beantworten läßt. Immerhin wäre derjenige, der nicht begreifen würde, daß die wissenschaftliche Möglichkeit hiezu tatsächlich vorhanden ist, in der Tat ein ganz unverbesserlicher Dummkopf.

Mit Hochachtung
George Eduard Challenger.
The Bruars, Rotherfield."

„Das ist doch wirklich ein fabelhaft anregender Brief", meinte Mac Ardle gedankenvoll und steckte sich eine Zigarette in die lange Glasröhre, die ihm als Zigarettenhalter diente. „Was denken Sie darüber, Mr. Malone?"

Zu meiner Beschämung mußte ich gestehen, daß ich über die fragliche Angelegenheit nicht das Geringste wußte. Was vor allem waren Frauenhofer'sche Linien? Mac Ardle hatte sich mit Hilfe unseres wissenschaftlichen Redakteurs über die Sache informiert und entnahm seinem Schreibtisch zwei jener vielfarbigen Spektralbänder, welche Dinger große Ähnlichkeit mit den Kappenbändern eines jungen, ehrgeizigen Kricketklubs aufwiesen.

Mac Ardle zeigte mir nun gewisse schwarze Linien, die quer über die Parallelreihen der Farben – rot, orange, gelb, grün, blau, indigo, violett – liefen.

„Diese dunklen Streifen hier sind eben die Frauenhofer'schen Linien", sagte er. „Die Farben zusammen sind das Licht selbst. Jedes Licht, das Sie durch ein Prisma spalten, ergibt diese Farben. Und zwar immer dieselben. Die Farben sind also nicht das Bedeutende. Bestimmend sind die Linien, denn sie verändern sich je nach dem Ursprungskörper des Lichtes. Diese Linien sind es, die, sonst völlig klar, in der letzten Woche verschwommen sind und alle Astronomen können wegen der Ursache nicht einig werden. Hier haben Sie eine Photographie dieser verschwommenen Linien. Wir bringen das Bild morgen heraus. Bisher hat ja das Publikum sich nicht dafür interessiert, doch jetzt wird es durch den Brief Challengers in den ‚Times' meiner Meinung nach ziemlich aufgerüttelt werden."

„Und was ist mit Sumatra?"

„Das ist allerdings ein weiter Weg – von den verschwimmenden Linien im Spektrum zu den kranken Eingeborenen in Sumatra. Aber Challenger hat uns schon einmal bewiesen, daß seine Behauptungen Hand und Fuß haben. Dort unten ist also eine Krankheit ausgebrochen, welche die merkwürdigsten Wirkungen auf die Eingeborenen mit sich bringt. Dazu kommt, daß nach einer soeben eingetroffenen Kabelmeldung aus Singapore die Leuchtfeuer in der Sundastraße plötzlich erloschen sind. Die Folge davon war, daß dort natürlich sofort zwei Schiffe an der Küste aufgelaufen sind. Das alles zusammen ist jedenfalls genug Material für Sie, um Challenger zu interviewen. Und wenn Sie wirklich etwas aus ihm herausbringen, schicken Sie uns eine Spalte für das Montagblatt."

Ich verabschiedete mich von Mac Ardle. Auf der Treppe hörte ich, wie man vom Wartezimmer aus meinen Namen rief. Es war ein Telegraphenbote, der mir eine Depesche brachte, welche man mir von meiner Wohnung in Streatham nachgeschickt hatte.

Das Telegramm kam eben von jenem Manne, über den wir gerade gesprochen hatten und lautete:

```
malone 17 hill street streatham
        mitbringet sauerstoff
            challenger.
```

„Mitbringet Sauerstoff?!" Ich erinnere mich, daß der Professor den Humor eines Mammuts besaß, der ihn oft zu den plumpsten und unerquicklichsten Kapriolen veranlaßte. Sollte das vielleicht einer jener Scherze sein, die ihn dann stets derart in brüllendes Gelächter ausbrechen ließen, daß seine Augen völlig verschwanden – aus dem einfachen Grunde, weil er nach solchen Scherzen dermaßen lachte, daß von seinem Antlitze nichts zu sehen war als ein riesig aufgesperrter Rachen und ein wackelnder, buschiger Bart. Wobei ihn die ernsten und unbeweglichen Mienen seiner Umgebung nie im geringsten aus der Fassung bringen konnten.

Ich las immer wieder, ohne jedoch ein Kennzeichen dafür zu finden, daß es sich hier tatsächlich um einen Scherz handle. Es mußte also doch ein ernst zu nehmender Auftrag sein, allerdings einer von seltsamer Art. Jedenfalls dachte ich nicht im entferntesten daran, etwa einem von ihm erteilten, sicherlich wohldurchdachten Wunsch nicht Folge zu leisten. Vielleicht hatte er irgend ein wichtiges chemisches Experiment vor, vielleicht –. Nun, es war ja nicht meine Sache, darüber nachzudenken, wie er den Sauerstoff verwenden würde. Ich mußte ihn eben besorgen. Ich hatte noch ungefähr eine Stunde Zeit bis zum Abgang meines Zuges, nahm also einen Taxameter, nachdem ich im Telephonbuch die Adresse einer Sauerstoffabrik in der Oxford Street festgestellt hatte, und ließ mich dorthin führen.

Als ich ausstieg, kamen mir zwei junge Leute entgegen, die, aus der Fabrik tretend, mühsam einen eisernen Zylinder in ein auf der Straße wartendes Automobil hoben. Ein alter Mann sah ihnen zu und zankte dabei mit kreischender Stimme in höhnischem Tone auf sie ein. Unvermittelt wendete er sich mir zu. Diese scharfen Züge und der Ziegenbart waren nicht zu verkennen. Kein Zweifel – es war mein alter sauertöpfischer Gefährte, Professor Summerlee.

„Was", rief er, „Sie werden mir doch nicht einreden wollen, daß Sie ebenfalls ein so unsinniges Telegramm von wegen Sauerstoff erhalten haben?"

Ich zog es hervor und hielt es ihm hin.

Er blickte mich an und meinte: „Also ich habe auch eines erhalten und seine Weisung befolgt – wenn auch sehr gegen meinen Willen. Unser guter Freund ist so unmöglich wie immer. Er kann doch wirklich den Sauerstoff nicht so dringend brauchen, daß er die gewöhnlichen Mittel zur Beschaffung außer Acht läßt und die Zeit von Leuten in Anspruch nimmt, die mehr und wichtigeres zu tun haben als er. Warum hat er nicht von der Fabrik bestellt?"

Ich konnte nur erwidern, daß wahrscheinlich ein wichtiger Anlaß hiefür vorhanden sein müsse.

„Nun, vielleicht hat er nur den Anlaß für so wichtig gehalten, was immerhin eine andere Sache ist. Jetzt brauchen Sie natürlich keinen Sauerstoff zu kaufen, da ich ohnedies eine ansehnliche Menge mitnehme."

„Er scheint aber aus irgend einem besonderen Grunde zu wünschen, daß ich ebenfalls Sauerstoff besorge und ich möchte nicht gerne gegen seinen Willen handeln."

Ohne den brummigen Widerspruch des Professors zu beachten, kaufte ich das gleiche Quantum wie er und bald stand neben seinem Ballon ein zweiter im Auto. Summerlee wollte mich zum Victoria-Bahnhof mitnehmen.

Ich ging also zum Chauffeur meines Taxameters hinüber, um ihn zu entlohnen. Er nannte mir einen Fahrpreis, der weit über das Zulässige hinausging und benahm sich außerordentlich streitsüchtig. Als ich wieder zu Summerlee trat, hatte er eben eine wütende Auseinandersetzung mit den beiden Männern, welche den Sauerstoff zum Wagen getragen hatten und dabei zitterte sein kleiner, weißer Ziegenbart vor Aufregung auf und nieder. Einer von den Kerlen hieß ihn, soviel ich mich erinnere, einen „dummen, alten, gebleichten Kakadu", was den Chauffeur des Professors dermaßen erboste, daß er von seinem Sitz heruntersprang und handgreiflich für seinen Herrn eintreten wollte. Nur mit Mühe gelang es mir, eine Rauferei zu verhindern.

Alle diese wie auch die folgenden kleinen Zwischenfälle mögen belanglos erscheinen und sind auch damals nicht weiter beachtet worden. Wenn ich heute zurückblicke, erkenne ich jedoch den Zusammenhang mit jener Begebenheit, über die ich berichten will.

Wie mir schien, war der Chauffeur ein Neuling oder vielleicht hatte die Aufregung über den Zwischenfall ihn der Herrschaft über sein Auto beraubt – jedenfalls fuhr er wüst darauf los. Auf dem Weg zur Bahn wären wir zweimal beinahe mit ebenso toll und regellos daherrasenden Fahrzeugen zusammengestoßen und ich weiß noch, daß ich tadelnd zu Summerlee bemerkte, die Geschicklichkeit der Londoner Wagenlenker hätte bedeutend nachgelassen. Einmal sausten wir knapp an einem großen Knäuel von Menschen vorbei, die an der Ecke von Mall einer Rauferei zusahen. Alle diese Leute, die sich an und für sich schon in hoher Aufregung befanden, gerieten in außerordentliche Erbitterung über unseren ungeschickten Chauffeur, und ein Bursche sprang auf das Trittbrett und schwang einen Stock über unsere Köpfe. Ich stieß ihn zurück und wir waren froh, als wir die Leute hinter uns hatten und mit heiler Haut aus dem Parke draußen waren.

Alle diese Episoden hatten an meinen Nerven gezerrt und auch die Geduld meiner Gefährten hatte anscheinend durch diese Folge von Zwischenfällen ihr Ende erreicht.

Unsere gute Laune kehrte jedoch zurück, als wir am Bahnhof Lord John Roxton sahen, der am Perron auf und ab ging, die lange, magere Gestalt in einen hellen Jagdanzug gesteckt. Sein ausdrucksvolles Gesicht mit den wundervollen, so durchdringenden und dabei so lustigen Augen glänzte vor Freude, als er uns erblickte. Sein rötliches Haar zeige graue Stellen und die Falten seines Gesichtes waren tiefer geworden, aber er war noch immer der Alte geblieben, der gute Kamerad der einstigen Zeit.

„Holla, Herr Professor! Holla, junger Freund!" rief er uns zu und schritt uns entgegen.

Er schüttelte sich vor Lachen, als er unsere Sauerstoffbehälter sah, die eben von einem Träger abgeladen wurden.

"Also auch Ihr habt so was gekauft!" rief er. "Meiner ist schon im Kupee. Was kann der alte Herr wollen?"

„Haben Sie seinen Brief in den ‚Times' gelesen?" fragte ich.

„Worum hat es sich da gehandelt?"

"Krasser Blödsinn!" sagte Sumerlee scharf.

„Ich glaube, daß es irgendwie mit dieser Sauerstoffgeschichte zusammenhängt oder ich müßte mich sehr täuschen", meinte ich.

„Absoluter Blödsinn!" rief abermals Summerlee unwirsch dazwischen mit einer ganz überflüssigen Heftigkeit.

Wir befanden uns in einem Rauchkupee erster Klasse und der Professor hatte schon seine verräucherte alte Shagpfeife in Brand gesteckt, die jedesmal befürchten ließ, daß er sich seine lange, streitsüchtige Nase daran versengen würde.

„Freund Challenger ist ein kluger Mann", sagte er aufgeregt. „Das kann niemand bestreiten. Nur ein Narr könnte es bestreiten. Sehen Sie sich doch nur den Umfang seines Hutes an. Dieser Hut bedeckt ein sechzig Unzen schweres Gehirn – eine mächtige Maschine, weiß Gott, die ohne Stockung läuft und beste Arbeit leistet. Zeigt mir die Maschinenhalle und ich werde Euch die Größe der Maschine sagen können. – Aber er ist dabei ein geborener Charlatan. Ihr werdet Euch erinnern können, daß ich es ihm schon einmal ins Gesicht gesagt habe – ein geborener Charlatan, der sich durch eine Art von dramatischem Kniff gut in Szene zu setzen weiß. Derzeit ist alles ruhig – da glaubt Freund Challenger, er könne die Aufmerksamkeit wieder einmal auf sich lenken. Sie meinen doch wohl nicht, daß er im Ernst an all diesen Unsinn über eine Veränderung im Äther und eine Bedrohung des Menschengeschlechtes glaubt? Hat man je eine derart alberne Tatarenachricht vernommen?!"

Er saß da wie ein alter weißer Rabe, krächzte und schüttelte sich in höhnischem Gelächter. In mir stieg Zorn auf, als ich ihn derart von Challenger reden hörte. Es war absolut unanständig, daß er so von einem Manne sprach, dem wir unseren Ruhm verdankten. Schon wollte ich eine zornige Antwort geben, als Lord John mir zuvorkam.

„Sie sind schon einmal mit Challenger ins Gedränge geraten," sagte er scharf, „und da sind Sie innerhalb zehn Sekunden zu Boden gekommen. Ich glaube, Professor Summerlee, daß er Ihnen überlegen ist und daß es das Beste für Sie wäre, ihm aus dem Wege zu gehen und ihn unbehelligt zu lassen."

„Außerdem", fügte ich hinzu, „ist er uns allen ein guter Freund gewesen. Welche Fehler er auch haben mag, er ist ein aufrechter, gerader Mensch, der niemals hinter dem Rücken seiner Gefährten Böses von ihnen sprechen würde."

„Gut gesagt, mein Junge!" rief Lord John Roxton. Mit freundlichem Lächeln klopfte er sodann Professor Summerlee auf die Schultern. „Sehen Sie, wir werden doch nicht streiten, dazu haben wir denn doch zu viel Gemeinsames erlebt. Von Challenger aber halten Sie sich fern, denn dieser junge Mann und ich haben etwas für den alten Herrn übrig."

Summerlee war jedoch nicht gelaunt, Frieden zu schließen. Seine Miene war ganz frostige Ablehnung und er qualmte ununterbrochen auf seiner Pfeife.

„Was Sie, Lord Roxton, betrifft," krächzte er, „so lege ich Ihrer Meinung in bezug auf wissenschaftliche Anschauungen gerade so viel Wert bei, wie Sie etwa meinem Urteil über ein neues Jagdgewehr. Ich habe eine eigene Meinung, mein Herr, und weiß diese auch zu vertreten. Soll ich etwa, weil ich mich einmal geirrt habe, alles, was uns dieser Mann auftischen will, auf Treu und Glauben hinnehmen, wenn es auch noch so weit hergeholt ist – ohne daß ich mir darüber mein eigenes Urteil bilden darf? Benötigen wir vielleicht einen Papst der Wissenschaft, dessen unfehlbare Beschlüsse ohne Widerrede von der armen, demütigen Zuhörerschaft angenommen werden müssen? Ich sage Ihnen, meine Herren, daß ich ein eigenes Gehirn habe und daß ich mir als Snob und als Knechtseele erscheinen müßte, würde ich dieses Gehirn nicht gebrauchen. Bereitet es Ihnen wirklich ein so besonderes Vergnügen – bitte – so glauben Sie nur an die Frauenhofer'schen Linien und an ihr Verschwimmen im Äther und an all den anderen Unsinn, nur verlangen Sie nicht, daß Leute, die älter und erfahrener sind als Sie, Ihre Narrheit mitmachen. Ist es denn nicht ganz klar, daß, wenn sich der Äther in der von ihm angenommenen Weise verändern würde – die Folge davon verderblich für die menschliche Gesundheit wäre, was sich doch an uns zeigen müßte." Er lachte in lärmendem Triumph über seine eigene Beweisführung. „Jawohl, meine Herren, in diesem Falle würden wir nicht hier in einem Eisenbahnzug sitzen und friedlich wissenschaftliche Probleme erörtern, sondern wir würden deutliche Anzeichen des in uns wühlenden Giftes bemerken. Aber bitte – wo sehen Sie denn nur Anzeichen dieses ‚Giftes', dieser ‚kosmischen Zersetzung'? Antworten Sie mir darauf, meine Herren! Antworten Sie! Nein, ich will keine Ausflüchte, ich bestehe auf eine Antwort!"

Ich ärgerte mich unbeschreiblich. Es lag etwas Herausforderndes und Aufreizendes in Summerlees Benehmen.

„Ich denke, daß Sie etwas zurückhaltender in Ihren Bemerkungen wären, wenn Sie über die Tatsachen genauer informiert wären", sagte ich.

Summerlee nahm die Pfeife aus dem Munde und sah mich starr an.

„Bitte, Herr, was wollen Sie mit dieser geradezu impertinenten Bemerkung sagen?"

Ich berichtete kurz von jener Drahtmeldung über die allgemeine sonderbare Erkrankung der Eingeborenen Sumatras sowie von der Meldung, daß die Leuchttürme auf den Sundainseln plötzlich erloschen seien.

"Auch menschliche Unvernunft sollte doch schließlich Grenzen haben!" schrie Summerlee, der immer mehr in Wut geriet. „Sollte es denn möglich sein, daß Sie nicht begreifen können, daß der Äther, selbst wenn wir einen Augenblick lang Challengers hirnverbrannte Theorie ernstlich in Erwägung ziehen, ein gleichförmig beschaffener Stoff ist, der am andern Erdende auch nicht anders zusammengesetzt sein kann als hier bei uns. Haben Sie denn auch nur eine Sekunde hindurch glauben können, daß es einen speziellen Äther für England und einen für Sumatra gibt? Vielleicht glauben Sie gar, daß der Äther von Kent in mancher Hinsicht besser ist als der Äther der Grafschaft Surrey; die wir soeben durchfahren. Tatsächlich, die Leichtgläubigkeit und Unwissenheit des Durchschnittslaien sind grenzenlos. Ist es denn überhaupt denkbar, daß der Äther in Sumatra eine derart verheerende Wirkung besitzen könnte, um die ganze Bevölkerung bewußtlos zu machen, während gleichzeitig der Äther unserer Zonen unser eigenes Befinden nicht im geringsten tangiert? Denn ich kann von mir nur sagen, daß ich mich körperlich und geistig noch nie so wohl gefühlt habe wie jetzt.“

„Das ist ja möglich, ich sage ja auch nicht, daß ich ein Gelehrter bin," meinte ich, „obwohl ich oft genug habe sagen hören, daß gewöhnlich die wissenschaftlichen Errungenschaften der einen Generation schon von der nächsten als Trugschlüsse bezeichnet werden. Es gehört schließlich kein besonders scharfer Verstand dazu, einzusehen, daß der Äther, von dem wir im Grunde genommen nur sehr wenig wissen, in den verschiedenen Weltteilen von den jeweiligen örtlichen Verhältnissen derart beeinflußt werden könnte, daß sich auf dem fremden Erdteil eine Wirkung zeigt, die erst später auch bei uns eintreten würde."

„Mit ‚könnte' und ‚würde' kann man alles beweisen!" schrie Summerlee wütend. „So *könnten* auch Schweine fliegen. Jawohl, mein Herr, sie *könnten* fliegen – aber sie tun es nicht. Es ist wirklich überflüssig, mit Ihnen eine Debatte einzugehen. Challenger hat Sie beide eben mit seinem Unsinn angesteckt, und Sie haben es verlernt, klar zu denken. Ich könnte gerade so gut mit dem Sitzpolster da in diesem Kupee ein Gespräch führen."

„Ich muß Ihnen ganz offen sagen, Professor Summerlee, daß seit unserem letzten Zusammensein Ihre Manieren keineswegs besser geworden sind", sagte Lord John scharf.

„Euch Adeligen sagt eben die Wahrheit nicht zu", antwortete Summerlee bitter. „Nicht wahr, es ist keine sehr angenehme Empfindung, wenn man darauf aufmerksam gemacht wird, daß ein adeliger Name es nicht hindern kann, ein außerordentlich unwissender Mensch zu sein."

„Mein Wort darauf," sprach Lord John ernst und gemessen, „wären Sie jünger, Sie würden es wohl nicht wagen, in dieser Art mit mir zu sprechen."

Summerlee reckte sein Kinn mit dem kleinen, spitzigen Büschel von Ziegenbart in die Luft.

„Wollen Sie gefälligst zur Kenntnis nehmen, mein Herr, daß – ob alt oder jung – ich mich noch nie, in meinem ganzen Leben nicht, gescheut habe, das, was ich denke, einem unwissenden Einfaltspinsel – jawohl, mein Herr, – einem unwissenden Einfaltspinsel auch zu sagen. Ja, mein Herr, daran wird sich auch nichts ändern und hätten Sie auch so viel Titel an sich, als Sklaven erfinden und Narren sich beilegen könnten."

Einen Augenblick lang funkelten Lord Johns Augen auf, dann bezwang er sich mit sichtlicher Anstrengung und lehnte sich, die Arme über die Brust kreuzend, mit bitterem Lächeln in seinen Sitz zurück. Mir war der ganze Auftritt außerordentlich peinlich und widerwärtig. Wie eine Welle strömte die Vergangenheit über mich hin, die herzliche Kameradschaft, die Zeiten fröhlicher Abenteuerlust – all das, wofür wir gelitten, was wir erstrebt und erreicht hatten. Daß es nun so weit gekommen war – zu Ausfällen und Beleidigungen! Ich begann plötzlich zu weinen – ich schluchzte laut und fassungslos und konnte mich gar nicht beruhigen. Meine Gefährten betrachteten mich verwundert. Ich bedeckte mein Gesicht mit den Händen.

„Es geht schon vorüber", sagte ich. „Das Ganze ist nur so furchtbar traurig."

„Sie sind krank, junger Freund", sagte Lord John. „Sie sind mir auch gleich so merkwürdig vorgekommen."

„Ihre Gewohnheiten, mein Herr, sind in den letzten drei Jahren keineswegs besser geworden", sagte Summerlee.

„Auch mir ist Ihr merkwürdiges Benehmen schon bei unserem Zusammentreffen aufgefallen. Verschwenden Sie Ihre Teilnahme nicht, Lord John, diese Tränen sind ganz einfach alkoholischen Ursprungs. Der Mann hat zu viel getrunken. Übrigens, Lord John, habe ich Sie soeben einen unwissenden Einfaltspinsel genannt und das war doch nicht ganz in Ordnung. Das erinnert mich jedoch an eines meiner Talente, das ich früher besessen habe und das wohl alltäglich, aber immerhin amüsant war. Sie kennen mich nur als den ernsten Gelehrten. Würden Sie es wohl glauben, daß ich einstens den Ruf genossen habe, Tierstimmen ganz vorzüglich nachahmen zu können? Vielleicht kann ich Ihnen damit die Zeit angenehm vertreiben. Würde es Ihnen zum Beispiel Spaß machen, mich wie einen Hahn krähen zu hören?"

„Nein, mein Herr," meinte Lord John, der noch immer gekränkt war, „es würde mir keinen Spaß machen."

„Auch die Nachahmung einer Gluckhenne, die soeben ein Ei gelegt hat, wurde von jeher sehr bewundert. Darf ich?"

„Nein, mein Herr, bitte – absolut nicht!"

Trotz dieses, im ernsten Tone hervorgebrachten Einspruches legte Professor Summerlee die Pfeife beiseite und während der weiteren Reise unterhielt er uns – oder wollte uns vielmehr unterhalten – mit einer Folge von verschiedenen Vogel- und anderen Tierstimmen, die so unaussprechlich lächerlich wirkten, daß meine weinerliche Stimmung plötzlich in ihr Gegenteil umschlug – kurzum, ich lachte und lachte und konnte nicht aufhören – ich lachte krampfhaft, geradezu hysterisch – wie ich dem sonst so gesetzten Gelehrten gegenübersaß und sah oder vielmehr hörte, wie er einen stolzen, eingebildeten Hahn nachahmte oder ein Hündchen, dem man soeben auf den Schwanz getreten. Einmal reichte mir Lord John seine Zeitung herüber, an deren Rand er die Worte geschrieben hatte: Armer Teufel! Total, verrückt geworden.

Gewiß war all dies sehr seltsam, dennoch schien mir die ganze Vorführung sehr nett und unterhaltend zu sein. Inzwischen lehnte sich Lord John zu mir herüber und begann eine endlose Geschichte von einem Büffel und einem indischen Rajah zu erzählen, an der ich weder Kopf noch Fuß entdecken konnte. Professor Summerlee hatte soeben angefangen zu zirpen wie ein Kanarienvogel und Lord John war anscheinend gerade am Höhepunkt seiner Erzählung angelangt, als der Zug in Jarvis Brook, der Station von Rotherfield, hielt.

Hier wurden wir von Challenger erwartet. Seine Erscheinung wirkte einfach grandios. Die Truthähne des gesamten Weltalls hätten nicht stolzer einherschreiten können als er, wie er uns auf dem Perron entgegenkam, und das wohlwollende herablassende Lächeln, mit dem er jedermann um sich herum betrachtete, war göttlich. Wenn er sich seit unserem letzten Zusammensein irgendwie verändert hatte, so lag dies hauptsächlich darin, daß seine charakteristischen Eigenschaften jetzt noch mehr zutage traten als einst. Sein mächtiger Kopf, die weit ausladende Stirn, mit der ober den Augen lagernden Locke, schien noch größer geworden zu sein. Sein schwarzer Bart flutete imposant auf die Brust hinab und seine hellen grauen Augen mit dem impertinenten, sardonischen Lächeln in ihren Winkeln, blickten noch gebietender drein als einstens.

Er begrüßte mich mit dem belustigten Händedruck und dem ermunternden Lächeln des Oberlehrers, der den Abc-Schützen empfängt. Er begrüßte auch die andern, half uns, die Gepäckstücke und die Sauerstoffzylinder zusammenzutragen, verstaute alles und alle in sein großes Automobil, dessen Lenker der uns von früher her bekannte, schweigsame Austin war, ein Mensch, dem jede Empfindung fremd zu sein schien. Bei meinem letzten Besuch hier hatte er das Amt eines Haushofmeisters bekleidet.

Unser Weg führte über einen sanften Hügel aufwärts, durch eine angenehme, schöne Landschaft, Ich saß vorne neben dem Lenker des Wagens; meine drei Gefährten hinter mir schienen alle gleichzeitig zu reden. Lord John würgte noch immer an seiner Büffelgeschichte, soviel ich verstand. Dazwischen hörte ich die tiefe Brummstimme Challengers und die scharfen Worte Summerlees in einer wissenschaftlichen Debatte aufeinanderprallen.

Austin wandte mir plötzlich sein mahagonibraunes Gesieht zu, ohne mit den Augen das Steuerrad zu verlassen.

„Bin gekündigt", sagte er.

„Mein Gott!" erwiderte ich.

Mir schien heute alles so sonderbar. Jeder sagte ganz merkwürdige Dinge – es war mir wie in einem Traum.

„Gerade das siebenundvierzigste Mal", sagte Austin in Gedanken.

„Wann verlassen Sie Ihre Stellung?" fragte ich, da mir nichts anderes einfiel.

„Überhaupt nicht", erwiderte er.

Damit schien das Gespräch beendet, aber nach einiger Zeit kam er wieder darauf zurück.

„Wenn ich gehe, wer wird sich dann um ‚ihn' kümmern?" Dabei wies er mit dem Kopfe nach seinem Herrn. „Wer soll ihn denn dann bedienen?"

„Wahrscheinlich jemand anderer", sagte ich matt.

„Wäre wohl ausgeschlossen. Keiner bleibt da länger als eine Woche. Wenn ich gehe, ist das ganze Haus kaputt – wie eine Uhr, deren Feder nicht mehr funktioniert. Sage Ihnen das, weil Sie sein Freund sind und es wissen müssen. Wenn ich ihn wirklich beim Wort nehmen wollte – doch das würde ich gar nicht übers Herz bringen. Er und die gnädige Frau wären wie zwei ausgesetzte Kinder. Bin alles und da geht er her und kündigt mir."

„Warum will denn niemand bei ihm aushalten?" fragte ich.

„Weil andere nicht dasselbe Einsehen haben wie ich. Der Herr ist ein sehr kluger Mann, so klug, daß es manchmal schon nicht mehr schön ist. Glaube mitunter, daß er nicht recht bei Trost ist. Was glauben Sie wohl, hat er heute morgen getan?"

„Was hat er getan?"

„Er hat die Haushälterin gebissen."

„Gebissen?"

„Jawohl, Herr, ins Bein hat er sie gebissen. Habe es mit eigenen Augen gesehen, wie sie dann, wie aus der Pistole geschossen, aus der Haustüre gelaufen ist."

„O Gott!"

„Was möchten Sie erst sagen, Herr, wenn Sie sehen, was hier noch alles vorgeht. Er streitet ununterbrochen mit den Nachbarn. Manche von ihnen sagen, daß der Herr niemals in passenderer Gesellschaft war als damals, wie er bei den vorsintflutlichen Ungeheuern war, worüber Sie geschrieben haben. Das sagen sie. Ich aber diene ihm schon seit zehn Jahren und hänge an ihm und, merken Sie wohl, er ist ein großer Mann und es ist eine Ehre, bei ihm zu sein. Nur stellt er einen manchmal wirklich auf eine harte Probe. Sehen Sie nur das hier an, Herr! Das ist wohl nicht das, was man unter althergebrachter Gastlichkeit versteht! Nicht wahr? Lesen Sie nur selbst."

Ich blickte auf. Der Wagen nahm eben eine steil aufsteigende Biegung und ich sah vor einer gestutzten Hecke eine Warnungstafel stehen, die folgende kurze und fesselnde Aufschrift trug:

WARNUNG!
Besuchern, Journalisten und Bettlern
ist der Eintritt verboten!
G. E. Challenger.

„Das kann man wohl nicht gerade herzlich nennen", sagte Austin kopfschüttelnd. „Das würde sich auf einer Weihnachtskarte wohl nicht gut machen. Ich bitte Sie um Entschuldigung, Herr, seit Jahren schon habe ich nicht so viel gesprochen, aber ich kann mich nicht zurückhalten. Es hat mich übermannt. Er kann mich schlagen, bis ich schwarz werde, aber gehen tue ich doch nicht, das steht fest. Er ist der Herr und ich bin der Diener, so soll es schon bleiben."

Wir fuhren zwischen den weißgestrichenen Torpfosten hindurch und weiter durch eine gewundene Allee von Rhododendron-Gebüschen. Am Ende der Allee erblickten wir ein weißes Ziegelgebäude, das hübsche Verzierungen trug und einen anheimelnden Eindruck machte. Mistress Challenger, eine kleine, zarte Frau, stand lächelnd in der offenen Tür und begrüßte uns.

„Nun, meine Liebe," sagte Challenger, indem er aus dem Wagen sprang, „hier bringe ich dir unsere Gäste. Das ist etwas Neues für uns, Gäste zu haben – nicht wahr? Wir und unsere Nachbarn lieben uns nicht sehr innig, nicht wahr? Wenn sie uns mit

Rattengift auf die Seite räumen könnten, hätten sie es gewiß schon längst getan."

„Es ist schrecklich, einfach schrecklich", rief halb lachend, halb weinend seine Frau. „Georg muß immer jemand haben, mit dem er streitet. Wir haben hier nicht einen einzigen Freund."

„Eben dadurch kann ich meiner unvergleichlichen Frau meine ungeteilte Aufmerksamkeit widmen", sagte Challenger und legte seinen kurzen, dicken Arm um ihre zarte Gestalt. Stellt man sich einen Gorilla neben einer Gazelle vor, so hat man gerade einen Begriff von diesem Paar.

„Komm, das Frühstück ist aufgetragen und die Herren sind gewiß hungrig. Ist Sarah schon zurück?"

Die Dame schüttelte bedrückt den Kopf, und der Professor lachte laut und strich sich kräftig über den Bart.

„Austin," rief er, „wenn Sie den Wagen eingestellt haben, dann helfen Sie der gnädigen Frau, das Frühstück vorzubereiten. Bitte, meine Herren, kommen Sie in mein Arbeitszimmer, denn ich habe Ihnen einige sehr wichtige Dinge mitzuteilen."

II. Der Giftstrom.

Eben als wir durch die Hall schritten, klingelte der Fernsprecher, und wir wurden unfreiwillige Zeugen des Gespräches, das Professor Challenger nun führte. Ich sage „wir", bin jedoch überzeugt, daß außer uns jedermann im Halbkreise von mindestens hundert Metern das ungeheuerliche Dröhnen seiner Stimme hören mußte, die durch das ganze Haus widerhallte. Die Antworten des Professors sind in meiner Erinnerung haften geblieben.

"Ja – ja – natürlich bin ich es – – – – – – – ja – gewiß – *der* Professor Challenger – der berühmte Professor – natürlich, wer denn sonst – – – – – – – – – – – gewiß – ein jedes Wort – sonst würde ich es ja gar nicht geschrieben haben – – – – – – – – es sollte mich nicht wundern – es sprechen alle Anzeichen dafür – – – – – – – – – – – – allerdings – in einem Tage spätestens – – – – – – – – – – – ja – daran kann ich nichts ändern – nicht wahr – – – – – – – – – – – gewiß – sehr unangenehm – aber es werden wirklich noch bedeutendere Menschen als Sie darunter zu leiden haben. Keinen Zweck, darüber zu winseln. Sie müssen sich eben dreinfinden

– – – – – – – – – Nein, ich kann nicht – – – – – Schluß, Herr! Unsinn! Ich habe doch wirklich Wichtigeres zu tun, als solches Gewäsch anzuhören!"

Er läutete geräuschvoll ab und führte uns über die Treppe in sein Arbeitszimmer, einen großen, luftigen Raum. Auf einem breiten Mahagonischreibtisch lagen etwa sieben bis acht uneröffnete Telegramme.

„Ich denke wirklich daran," meinte er, „im Interesse meiner Korrespondenten eine Telegrammadresse anzunehmen. Ich glaube, daß zum Beispiel ‚Noah Rotherfield' sich nicht schlecht eignen würde."

Wie immer, wenn er einen seiner schlechten Witze von Stapel ließ, lehnte er sich an seinen Schreibtisch und schüttelte sich derart vor Lachen, daß seine Hand kaum die Telegramme öffnen konnte.

„Noah, Noah", grölte er und schnitt dabei ein Gesicht wie ein Berggespenst, während Lord John und ich uns verständnisvoll anlächelten und Summerlee mit der Miene einer magenkranken Ziege zum Zeichen seiner Mißbilligung sardonisch mit dem Kopfe hin- und herwackelte. Endlich begann Challenger, noch immer brummend und grölend, mit dem Lesen der Telegramme. Wir drei standen an den hohen Bogenfenstern und bewunderten die herrliche Aussicht.

Es war wirklich ein wundervoller Anblick. Der sanft ansteigende Weg hatte uns auf eine immerhin stattliche Anhöhe geführt: Wir befanden uns, wie wir später erfuhren, ungefähr siebenhundert Fuß hoch. Challengers Haus stand am äußersten Rande des Hügels, und von der Südfront des Hauses aus, wo sich eben das Arbeitszimmer befand, hatte man einen offenen Ausblick auf die weitgestreckte Gegend, in der die sanften Windungen einer Hügelreihe den wellenartigen Hintergrund bildeten. Eine Rauchsäule, die aus einem Einschnitt zwischen den Bergen aufstieg, zeigte die Lage von Lewes an. Unmittelbar vor uns lag die blühende Heide mit dem ausgedehnten, von Spielern wimmelnden grünen Sportplatze des Crowborough-Golfklubs. Ein wenig weiter südlich erblickten wir zwischen einer Waldlichtung hindurch einen Teil der Bahnlinie, die von London nach Brighton führte, und vor unseren Augen, in unmittelbarster Nähe, befand sich ein kleiner, eingezäunter Hof, in dem das Auto stand, welches uns von der Bahn geholt hatte.

Auf einen Ruf Challengers hin wandten wir uns ihm zu. Er hatte die Telegramme durchgelesen und pedantisch vor sich aufgestapelt. Sein breites, verwittertes Gesicht – oder genauer gesagt – jener geringe Teil, der nicht durch den verworrenen Bart bedeckt war, war gerötet und ließ auf besondere Aufregung des Professors schließen!

„Nun, meine Herren," sagte er in einem Tone, als stünde er in einer Versammlung, „das ist wirklich eine interessante Zusammenkunft, die unter ganz außergewöhnlichen – ich möchte sagen beispiellosen Begleitumständen stattfindet. Darf ich Sie fragen, ob Ihnen auf der Fahrt von der Stadt bis hierher etwas Besonderes aufgefallen ist?"

„Das Einzige, was ich bemerkt habe,“ sagte Summerlee mit säuerlichem Lächeln, „war, daß unser junger Freund hier sich in seinem Benehmen im Laufe der letzten drei Jahre keineswegs gebessert hat. Ich bedaure, feststellen zu müssen, daß ich unterwegs ernstlich Grund hatte, mich über sein Benehmen zu beklagen, und es wäre unaufrichtig von mir, zu behaupten, daß ich nicht einen sehr unliebsamen Eindruck von ihm empfangen habe.“

„Nun, nun, wir alle sind hie und da ein wenig ungenießbar“, meinte Lord John. „Der junge Mann hat es gewiß nicht bös gemeint. Schließlich ist er ein Internationaler, und wenn er eine halbe Stunde damit zubringt, uns ein Fußballmatch zu beschreiben, so hat er letzten Endes dazu mehr Berechtigung als jeder andere.“

„Eine halbe Stunde, um ein Match zu beschreiben!“ rief ich ungehalten. „Sie allein haben ja eine halbe Stunde damit verbracht, uns eine endlose Geschichte von einem Büffel zu erzählen. Professor Summerlee wird es bestätigen.“

„Ich kann mich schwer entscheiden, wer von Euch beiden der langweiligere Teil war“, meinte Summerlee. „Ich erkläre Ihnen, Challenger, daß ich in meinem ganzen Leben niemals mehr etwas vom Fußball oder von Büffeln zu hören wünsche.“

„Ich habe heute doch nicht ein Wort über Fußball gesprochen!“ protestierte ich.

Lord John stieß einen schrillen Pfiff aus und Summerlee schüttelte bekümmert sein Haupt. „Noch dazu in so früher Stunde,“ meinte er, „es ist

tatsächlich zum Verzweifeln. Während ich in ernstem und gedankenschwerem Stillschweigen dasaß
–"

„Stillschweigen!" rief Lord John. „Sie haben uns ja die ganze Zeit eine Varietévorstellung als Tierstimmen-Imitator gegeben – eher einem wildgewordenen Grammophon als einem Menschen gleichend!"

Summerlee; richtete sich gekränkt auf.

„Sie belieben geschmacklos zu werden, Lord John", sagte er mit essigsaurer Miene.

„Das ist zum Teufelholen, das grenzt ja schon an Tollheit!" rief der Lord. „Jeder von uns weiß genau, was die anderen getan haben und keiner kann sich erinnern, was er selbst angestellt hat. Beginnen wir zunächst von vorne. Wir haben ein Rauchkupee erster Klasse bestiegen, das ist doch sicher, nicht wahr? Dann hat der Streit wegen Freund Challengers Brief in den ‚Times' begonnen."

„Oh, Ihr habt Euch wirklich deshalb gestritten?" fragte mit grollender Stimme der Hausherr und runzelte die Brauen.

„Sie, Summerlee, sagten, daß an der ganzen Sache nichts Wahres sein kann."

„Oho!" sagte Professor Challenger, warf sich in die Brust und strich sich seinen Bart. „Nichts Wahres daran! Ich muß diese Worte schon einmal früher gehört haben. Darf ich nun fragen, mit welchen Beweisgründen der große und berühmte Professor Summerlee die Darlegungen jenes bescheidenen Individuums widerlegt hat, welches wagte, eine Meinung über wissenschaftliche Möglichkeiten vorzubringen? Vielleicht wird er sich doch herablassen, einige Gründe für seine gegenteilige Meinung anzuführen, bevor er dieses unglückselige Nichts gänzlich vernichtet?"

Er machte eine Verbeugung, zuckte mit den Achseln und spreizte die Finger, während er mit seinem hochtrabenden und elefantenhaften Sarkasmus diese Worte sprach.

„Die Gründe wären einfach genug", erwiderte der halsstarrige Summerlee. „Ich habe festgestellt, daß – wenn der die Erde umgebende Äther an einer Stelle wirklich derartig gifthaltig ist, um gefährliche Symptome hervorzurufen – es kaum anzunehmen ist, daß wir drei während unserer Eisenbahnfahrt davon verschont bleiben konnten."

Diese Erklärung bewirkte einen unbändigen Heiterkeitsausbruch Challengers. Er lachte ohne Ende – derart, daß schließlich das ganze Zimmer zu zittern und zu dröhnen schien.

„Unser verehrter Summerlee dürfte nicht ganz die Situation überblicken – was übrigens nicht das erste Mal der Fall wäre," meinte er schließlich und trocknete sich die erhitzte Stirn. „Nun, meine Herren, ich kann Ihnen die Sachlage nicht wirksamer erläutern, als indem ich Ihnen einen genauen Bericht über meine eigenen Taten dieses Morgens gebe. Sie werden umso eher geneigt sein, sich mit allen Ihren geistigen Abirrungen, die Sie nun feststellten, abzufinden, wenn ich Ihnen zeige, daß ich selbst Augenblicke hatte, in denen mein geistiges

Gleichgewicht gestört schien. Wir haben in unserem Hause schon seit einigen Jahren eine Wirtschafterin, Sarah – mir ihren Familiennamen einzuprägen, habe ich wirklich niemals versucht. Sie ist ein übermäßig prüdes Frauenzimmer von strengem und unschönem Aussehen. Ihr Wesen ist vollkommen teilnahmslos und wir können uns nicht erinnern, bei ihr jemals irgend eine seelische Regung bemerkt zu haben. Als ich heute morgens allein bei meinem Frühstück saß – meine Frau bringt gewöhnlich die Vormittage in ihrem Zimmer zu – schoß es mir plötzlich durch den Kopf, daß es gleichzeitig unterhaltend und instruktiv sein müsse, zu versuchen, wo die Grenzen dieser unerschütterlichen Ruhe Sarahs wären. Ich habe ein ebenso einfaches wie wirksames Mittel gewählt. Eine kleine Blumenvase, die gewöhnlich in der Mitte des Zimmertisches steht, habe ich umgeworfen, geklingelt und mich hierauf unter dem Tische versteckt. Sarah tritt ein, findet das Zimmer leer und nimmt wohl an, ich sei in meinem Arbeitszimmer. Wie ich es erwartet habe, tritt sie näher, beugt sich über den Tisch und will die Vase an ihren Platz stellen. Mir bietet sich der Anblick eines baumwollenen Strumpfes und eines Gummizug-Stiefels – ich strecke meinen Kopf vor und grabe meine Zähne in das Fleisch ihrer Wade. Der Erfolg hat meine kühnsten Erwartungen weit übertroffen. Einige Sekunden lang stand sie entgeistert still und betrachtete von oben herab meinen Schädel. Dann riß sie sich mit einem schrillen Schrei los und stürzte aus dem

Zimmer. Ich ihr nach, um sie ein wenig zu beruhigen, aber sie hört auf nichts, galoppiert über den Fahrweg dahin, und einige Minuten später kann ich durch mein Fernglas beobachten, wie sie im Eilzugstempo gegen Südwest dahinrast. – Ich erzähle Euch diese Anekdote, ohne zunächst irgend eine Erklärung hinzuzufügen. Ich pflanze die Saat in Eure Gehirne und harre, ob sie darin aufgehen wird. Kommt Euch nicht eine Erleuchtung? Fällt Euch gar nichts dabei auf? Was denken Sie davon, Lord John?"

Lord John schüttelte ernsthaft seinen Kopf.

„Sie werden sich gewichtige Unannehmlichkeiten zuziehen, wenn Sie sich nicht vorsehen", sagte er.

„Vielleicht wünschen Sie hiezu irgend eine Bemerkung zu machen, Summerlee?"

„Sie sollten eine Zeitlang mit jeder geistigen Arbeit aussetzen, Challenger, und eine dreimonatliche Kur in irgend einem deutschen Badeort gebrauchen", meinte dieser.

„Fabelhaft tiefsinnig!" rief Challenger. "Nun, mein junger Freund, wäre es möglich, daß die weise Erleuchtung von Ihnen kommen sollte, nachdem Ihre Vorredner so treffend daneben geschossen haben?"

Und diese Weisheit, sie kam aus meinem Munde. Ich sage es mit aller Bescheidenheit – sie kam tatsächlich. Heute natürlich, wo jeder Mensch über alle jene Ereignisse genug unterrichtet ist, scheint die ganze Sache klar und verständlich, aber damals war es wirklich nicht sehr klar, da ja alles so neu war. Jedenfalls kam mir plötzlich die Eingebung einer vollständigen Erklärung.

„Gift!" rief ich.

Und während ich dieses Wort rief, flogen meine Gedanken zurück zu allen diesen Ereignissen des Morgens, zu Lord John mit seiner Büffelgeschichte, meinem hysterischen Tränenerguß, dem herausfordernden Benehmen Professor Summerlees. Zu den seltsamen Ereignissen, die sich in London abspielten, dem Tumult im Park, der kopflosen Fahrt des Chauffeurs, zu dem Zank in der Sauerstoffabrik. Alles schien mir nun erklärlich.

„Natürlich," rief ich nochmals aus, „es ist Gift. Wir alle sind vergiftet."

„Sehr richtig!" sprach Challenger und rieb sich die Hände. „Wir alle sind vergiftet. Unser Planet ist in die giftige Ätherzone geraten und versinkt immer tiefer darin, mit einer Geschwindigkeit von mehreren Millionen Meilen in der Minute. Unser junger Freund hier hat den Grund aller dieser merkwürdigen Vorgänge in ein Wort zusammengefaßt – Gift."

Wir alle blickten uns in starrem Stillschweigen an. Angesichts der Situation wußten wir nichts zu erwidern.

„Es ist durch geistige Beeinflussung möglich, diese Symptome zu unterdrücken und sie zu beobachten", sprach Challenger weiter. „Ich kann aber nicht erwarten, diese Fähigkeit bei Ihnen allen ebenso ausgebildet zu finden, wie es bei mir der Fall ist, denn die Verschiedenheit unserer Veranlagungen übt hier ihren Einfluß aus. Immerhin ist eben diese Eigenschaft bei unserem jungen Freunde hier in beachtenswertem Grade vorhanden.

Nach jenem kurzen Ausbruch meines Temperaments, der meinen Dienstboten so erschreckt hatte, setzte ich mich hin und unterhielt mich eingehend mit mir selbst. Ich stellte mir zunächst vor Augen, daß ich noch niemals die geringste Lust verspürt hatte, irgend jemand von meinem Haushalt in die Waden zu beißen. Infolgedessen war jenes Verlangen abnormal gewesen. Und schon begriff ich die ganze Wahrheit. Ich prüfte mehrmals meinen Puls und konstatierte zehn Pulsschläge über die gewöhnliche Anzahl und eine Beschleunigung meiner organischen Reflexbewegungen.

Ich erließ also schleunigst einen Aufruf an mein höheres und besseres Selbst, an den wirklichen G. E. C, der klar und unberührbar über allen diesen irdischen molekularen Störungen schwebt. Ich beauftragte ihn, alle diese dummen Streiche zu kontrollieren, die das Gift verursachen könnte. Und ich habe festgestellt, daß ich tatsächlich mich nun selbst in der Gewalt behielt. Ich konnte den in Unordnung geratenen Verstand beobachten und beherrschen. Es war immerhin ein bemerkenswerter Fall von einem Sieg des Geistes über die Materie, denn der Sieg wurde über jenen Teil der Materie erfochten, der am innigsten mit dem Geiste selbst verknüpft ist. Ich möchte beinahe sagen, daß der Verstand, der Geist selbst, der irrende Teil war und daß die Individualität an sich ihn beherrschte. So gelang es mir zum Beispiel, als meine Frau die Treppe herabkam und ich schon daran war, mich hinter die Tür zu stellen, um Sie mit wildem Gebrüll zu erschrecken, wenn sie vorbeiging, dieses Verlangen zu unterdrücken und sie würdig und ruhig wie immer zu begrüßen. Ein außerordentliches Verlangen, gleich einer Ente zu schnattern, konnte ich in derselben Weise beherrschen und als ich später hinabging, um das Auto instand setzen zu lassen und Austin mit Reparaturen beschäftigt fand, konnte ich noch rechtzeitig feststellen, daß ich meine Hand bereits erhoben hatte, um ihm einen Streich zu spielen, der ihn zweifellos den Spuren der Wirtschafterin hätte folgen lassen. Worauf ich im Gegenteil meine Hand auf seine Schulter legte und ihm befahl, pünktlich mit dem Wagen vor dem Tore zu sein, um mich zu Eurem Zuge zu führen. Und momentan fühle ich das unbändige Verlangen, Professor Summerlee bei seinem geschmacklosen, langweiligen Bart zu packen und seinen Kopf heftig nach vorne und rückwärts zu ziehen. Wie Ihr seht, kann ich mich jedoch vollständig zurückhalten. Nehmt Euch mein Beispiel zu Herzen!"

„Bei mir hat es sich wohl in der Büffelgeschichte geäußert", sagte Lord John.

„Und bei mir in dem Fußballmatch."

„Sie dürften Recht haben, Challenger", sagte Summerlee mit ruhigerer Stimme. „Ich muß zugeben, daß es eher meine Sache ist, zu kritisieren als zu konstatieren und daß ich nicht so leicht zu neuen Ansichten bekehrt werden kann – besonders, wenn diese so unwirklich und phantastisch sind wie jetzt. Wenn ich jedoch die Ereignisse des Morgens recht bedenke und mir das alberne Benehmen meiner Gefährten vor Augen halte, bin ich bereit zu glauben, daß irgend ein erregendes Gift die Schuld an ihrem Benehmen trägt."

Gutgelaunt klopfte Professor Challenger seinem Kollegen auf die Schulter. „Wir machen Fortschritte," sagte er, „entschieden machen wir Fortschritte."

„Und nun, Herr Kollege," fragte Summerlee bescheiden, „wie denken Sie über die jetzige Lage?"

„Mit Ihrer Erlaubnis will ich einige Worte über diese Angelegenheit sprechen."

Er setzte sich auf seinen Schreibtisch hinauf und ließ seine kurzen, dicken Beine hin- und herbaumeln.

„Wir sind Zeugen eines furchtbaren; eines entsetzlichen Vorganges. Es ist meiner Meinung nach das Ende der Welt gekommen."

Das Ende der Welt! Unwillkürlich blickten unsere Augen auf das große Bogenfenster hin und sahen draußen die reizende Sommerlandschaft, die langgestreckte, blühende Heide, die schönen Villen, die gemütlichen Bauernhäuser und die Besucher der Sportplätze. Das Ende der Welt! Wie oft hatten wir dieses Wort gehört. Daß es sich jemals in Wirklichkeit verwandeln könnte, daß es nicht bloß einen völlig unbestimmten Zeitpunkt bedeutete, sondern vielmehr das Jetzt, das Heute, das war ein niederschmetternder, ein entsetzlicher Gedanke. Wir alle waren wie gelähmt und warteten schweigend auf die Fortsetzung von Challengers Rede.

Seine übermächtige Persönlichkeit und Erscheinung verliehen seinen Worten einen so schwergewichtigen Nachdruck, daß für den Augenblick all seine Rauheit und Schrullenhaftigkeit vergessen war und er uns in majestätischer Größe den Reihen der gewöhnlichen Sterblichen entrückt schien. Dann kehrte – wenigstens mir – die ermunternde Erinnerung zurück, daß er sich zweimal, seitdem wir das Zimmer betreten, vor Lachen gewunden hatte. Ich dachte, daß auch eine geistige Verwirrung Grenzen haben müßte. Die Krise konnte nicht so drohend und so unmittelbar bevorstehend sein.

„Stellt Euch eine Weintraube vor," sagte er, „welche mit unendlich kleinen, schädlichen Bazillen bedeckt ist. Der Gärtner zieht sie nun durch ein Desinfektionsmittel. Vielleicht will er seine Trauben reinigen. Vielleicht will er Raum gewinnen, einen neuen, weniger schädlichen Bazillus zu ziehen. Jedenfalls taucht er sie in das Gift und sie sind verschwunden – fort. Unser Gärtner dort oben verfährt mit dem Sonnensystem in dieser Weise, und bald wird der Bazillus Mensch, das kleine, sterbliche Gezücht, welches sich an der äußeren Erdrinde gewunden und gekrümmt hat, aus dem Dasein fortsterilisiert worden sein."

Wieder war alles still.

Auf einmal läutete schrill der Fernsprecher.

„Eine unserer Bazillen quiekt um Hilfe", sagte er mit grimmigem Lächeln. „Sie beginnen einzusehen, daß die Fortdauer ihrer Existenz keine der Grundbedingungen des Weltalls bildet."

Er verließ für eine oder zwei Minuten das Zimmer. Ich weiß noch, daß während seiner Abwesenheit keiner von uns ein Wort sprach. Die Lage schien zu erhaben für Worte.

„Der Leiter des Gesundheitsamtes von Brighton", sagte er, als er wieder eintrat. „Die Symptome treten aus irgend einem Grunde an den Meeresgebieten stärker auf. Unsere hohe Lage von 700 Fuß ist also sehr vorteilhaft. Die Leute scheinen begriffen zu haben, daß auf diesem Gebiete ich der erste Fachmann bin. Wahrscheinlich ist dies die Wirkung meines Briefes an die ‚Times'. Es war der Bürgermeister eines Landstädtchens, mit dem ich gesprochen habe, als wir vorher ankamen. Ihr müßt mich ja am Fernsprecher gehört haben. Er schien sein Leben für ungeheuer wertvoll zu halten und ich habe ihm erst den Kopf zurecht rücken müssen."

Summerlee war aufgestanden und an das Fenster getreten. Seine dünnen, knochigen Hände zitterten vor Aufregung.

„Challenger", sagte er eindringlich, „die Lage ist zu ernst für Wortplänkeleien. Glauben Sie nicht, daß ich die Absicht habe, Sie durch meine Fragen irgendwie zu reizen. Ich lege sie Ihnen jedoch vor, denn vielleicht ist doch ein Trugschluß in Ihren Annahmen oder Schlußfolgerungen. Die Sonne scheint so heiter wie nur je am blauen Himmel. Wir sehen die Heide und die Blumen und hören die Vögel zwitschern. Die Menschen vergnügen sich auf den

Golfspielplätzen, und die Feldarbeiter mähen das Getreide. Sie behaupten, daß jene und wir vor der Vernichtung stehen – daß dieser Sommertag der jüngste Tag sein kann, in dessen Erwartung die Menschheit schon so lange ist. Womit begründen Sie nun, soweit wir unterrichtet sind, Ihre ungeheuerliche Behauptung? Mit einer geringen Anormalität der Spektrallinien – mit Gerüchten über Sumatra – mit einer ungewöhnlichen Aufregung, die wir aneinander wahrgenommen zu haben glauben. Dieses letztere Symptom äußert sich nicht so stark, daß man es nicht durch Willenskraft beherrschen könnte. Sie sollen mit uns kameradschaftlich sprechen, Challenger. Wir haben doch schon einmal gemeinsam dem Tode entgegengesehen. Sagen Sie frei heraus, wie es um uns steht und wie Sie über die Zukunft denken."

Das war eine gute, beherzte Rede und sie kam von dem standhaften, starken Charakter, welcher sich hinter den Ecken und Schärfen des alten Zoologen barg. John erhob sich und schüttelte ihm die Hand.

„Dasselbe empfinde auch ich", sagte er. „Nun, Challenger, müssen Sie uns sagen, welches Los unser wartet. Wir sind keine furchtsamen Memmen, wie Sie wohl wissen; aber da wir in der Absicht kamen, einen kurzen Besuch abzustatten und nun entdecken müssen, daß wir heute mit Volldampf in den jüngsten Tag hineinrasen, bedarf dies doch immerhin einer kleinen Erklärung. Was für eine Gefahr droht uns – wie groß ist sie und was werden wir tun, um ihr zu begegnen?"

Hoch aufgerichtet und stattlich, umflossen von dem Sonnenschein, der durch das Bogenfenster hereinfiel, stand er da, die gebräunte Hand auf Summerlees Schulter gelegt. Ich lag in einem Lehnsessel, die ausgegangene Zigarette zwischen den Lippen und befand mich in jenem Dämmerzustand, welcher Eindrücke besonders deutlich wahrnehmen läßt. Auch dies mag ein neues Stadium der Vergiftung gewesen sein; alle unberechenbaren Impulse waren vergangen, um einem außerordentlich matten und gleichzeitig scharf beobachtenden Geisteszustande Platz zu machen. Ich war nur Zuschauer. Es war mir, als ginge mich alles um mich herum nicht das Geringste an. Ich war hier mit drei starken, tapferen Männern zusammen, und es war ganz außerordentlich interessant, ihr Verhalten zu beobachten.

Challenger runzelte die dichten Brauen und strich sich den Bart, ehe er zu einer Erwiderung ansetzte. Man sah, daß er jedes seiner Worte sorgfältig abwog.

„Was waren die letzten Nachrichten, als Sie London verließen?" fragte er.

„Um zehn war ich in der Redaktion der ‚Gazette'", antwortete ich. „Es war eben ein Reutertelegramm aus Singapore eingetroffen, aus dem hervorging, daß die Krankheit sich über ganz Sumatra verbreitet hat und daß daher die Leuchtfeuer nicht mehr entzündet worden waren."

„Seither haben sich die Verhältnisse überstürzt", teilte Challenger mit und hob den Stoß Telegramme empor. „Ich bin sowohl mit den Behörden wie mit der Presse in steter Verbindung und erfahre daher, was sich in allen Teilen der Welt abspielt. Allgemein und dringend wird gewünscht, daß ich nach London zurückkehren soll. Doch wäre das meiner Ansicht nach vollkommen zwecklos. Den Berichten nach äußert sich die Vergiftung zuerst in geistigen Aufregungszuständen. Soviel ich gehört habe, sind die Unruhen in Paris heute vormittags sehr heftig gewesen, und unter den Kohlenarbeitern in Wales herrscht vollkommener Aufruhr. Soweit man dem vorliegenden Material Glauben schenken darf, tritt nach diesem Erregungszustand, der je nach Rasse und Individualität wesentlich verschieden ist, eine Erhöhung der Lebenskraft und Geistesschärfe ein, wovon ich an unserem jungen Freund hier Anzeichen zu bemerken glaube. Darauf folgt nach einer längeren Zeitdauer Schlafsucht, welche zum Tode führt. Ich glaube nach meinen Erfahrungen in der Giftkunde schließen zu dürfen, daß es gewisse Pflanzengifte gibt, welche in dieser Art auf das Nervensystem – –"

„Dature", fiel Summerlee ein.

„Ausgezeichnet", rief Professor Challenger. „Der wissenschaftlichen Genauigkeit halber wollen wir nun auch diesem giftigen Agens einen Namen geben, und zwar Daturon. Ihnen, mein lieber Summerlee, wird – wenn auch leider erst nach Ihrem Tode – die Ehre zuteil, dem Zerstörer des Weltalls, dem Desinfektionsmittel des über den Wolken thronenden Gärtners, einen Namen gegeben zu haben. Wir nehmen also an, daß die Wirkungen des Daturon so sind, wie ich sie geschildert habe. Es unterliegt für mich keinem Zweifel, daß die ganze Welt davon ergriffen und kein Lebewesen davon verschont bleiben wird, denn der Äther erfüllt die ganze Welt. Bisher ist diese Erscheinung planlos aufgetreten, doch beträgt der Unterschied in der Zeit nur wenige Stunden und muß mit der herannahenden Flut verglichen werden, welche einen Streifen Sand nach dem andern bedeckt, hierhin und dorthin strömend, bis endlich alles überflutet ist. Alle diese Erscheinungen, die Tätigkeit und Verteilung des Daturon, werden von gewissen Gesetzen geregelt, deren Beobachtung hochinteressant wäre, wenn uns nur Zeit dazu bliebe. Soweit ich es verfolgen kann" – er warf einen Blick in seine Telegramme – „sind die niedriger entwickelten Rassen zuerst dem Einflusse erlegen. Aus Afrika liegen sehr beunruhigende Berichte vor, und die australischen Eingeborenen scheinen bereits gänzlich ausgerottet worden zu sein. Die nördlichen Rassen haben bisher größere Widerstandskraft bewiesen als die südlichen Völker. Dieser Bericht ist heute morgens um neun Uhr fünfundvierzig in Marseille aufgegeben worden. Ich lese ihn Euch wörtlich vor:

```
nacht hindurch in gesamter provence
wahnsinnige aufregungszustände +++ tu-
mult der weinbauern von nimes +++
sozialistische aufstände in toulon +
++ plötzliche erkrankungen mit nach-
folgender Schlafsucht heute morgens
unter bevölkerung ausgebrochen +++
```

```
tötliche seuche +++ unmenge toter in
den   straßen   +++   geschäftsverkehr
stockt  vollkommen   +++   allgemeines
chaos.
```

Eine Stunde später von demselben Berichterstatter:

```
wir   sind   von   völliger   Vernichtung
bedroht +++ kirchen und kathedralen
überfüllt +++ mehr tote als lebende
+++ es ist entsetzlich und unfaßbar
+++ tod anscheinend schmerzlos auf-
tretend aber rasch und unausweichlich.
```

Ein ähnliches Telegramm liegt aus Paris vor, doch
scheint die Entwicklung dort nicht so verheerend zu
sein. Indien und Persien scheinen vollkommen aus-
gelöscht zu sein. Die slawische Bevölkerung Öster-
reichs ist von der Seuche ergriffen, die deutschen
Völker fast unberührt davon. Soviel ich allgemein
nach meinen begrenzten Informationen feststellen
kann, sind die Bewohner von Ebenen und Meeresgebieten rascher der Wirkung unterlegen als die Bewohner der Binnenländer und der Berggegenden.
Eine auch nur geringe Bodenerhebung spielt hiebei
eine Rolle, und sollte es wirklich einen Überlebenden der Menschenrasse geben, so dürfte er auf einem Berge, hoch wie der Ararat, gefunden werden.
Selbst der kleine Hügel, auf dem wir uns befinden,
kann für eine kurze Zeit eine Zufluchtsinsel im
Meere der Zerstörung sein. Aber bei dem Tempo
sind auch wir in wenigen Stunden überflutet."
    Lord John trocknete sich die Stirn.

„Unbegreiflich ist es mir, wie Sie es fertig bringen konnten, dazusitzen und zu lachen, während Sie diese Telegramme in der Hand hielten. Ich habe dem Tode schon oft genug ins Auge gesehen, doch daß alles sterben soll, ist zu furchtbar!"

„Was meine Heiterkeit betrifft," sagte Challenger, „so müssen Sie bedenken, daß auch ich nicht frei von den Einwirkungen des ätherischen Giftes auf das menschliche Gehirn geblieben bin, ebensowenig wie Sie. Bezüglich des Entsetzens aber, welches Ihnen das allgemeine Sterben einzuflößen scheint, kann ich Ihnen sagen, daß ich dieses Empfinden für übertrieben halte. Würde man Sie ganz allein auf einem kleinen Boote in die offene See treiben lassen, so hätten Sie allen Grund, den Mut sinken zu lassen. Ungewißheit und Einsamkeit würden Sie erdrücken. Wenn Sie dagegen Ihre Fahrt auf einem mächtigen Schiffe antreten, wenn Sie von Ihren Angehörigen und Freunden begleitet sind, so werden Sie ungeachtet des ungewissen Zieles in dem Gefühle der Zusammengehörigkeit und des Gedankenaustausches Trost finden. Ein einsamer Tod mag schrecklich sein, ein allgemeines Sterben, zumal wenn dieses so schnell und schmerzlos auftritt, ist meines Erachtens nicht furchtbar. Ich würde eher jener Person beistimmen, welche es als das Entsetzlichste bezeichnet hat, alles, was erhaben, groß und berühmt war, zu überleben."

„Was also schlagen Sie nun vor, was wir tun könnten?" fragte Summerlee, der ausnahmsweise zustimmend zu den Ausführungen seines Kollegen genickt hatte.

„Frühstücken", sagte Challenger, als eben der Gong erscholl. „Wir haben eine Köchin, deren Kochkunst in Omeletten einzig durch ihre Koteletts übertroffen wird. Hoffen wir, daß ihre kulinarischen Fähigkeiten nicht durch kosmische Einflüsse gelitten haben. Auch ist es notwendig, meinen Sechsundneunziger Scharzberger der allgemeinen Vernichtung zu entreißen, soweit dies unseren vereinten Bemühungen gelingen wird. Es wäre eine bedauerliche Verschwendung, dieses edle Gewächs zugrunde gehen zu lassen." Er wälzte sich schwerfällig von dem Schreibtische hinab, auf dem er gesessen, während er uns den bevorstehenden Untergang des Planeten angekündigt hatte. „Kommt," sagte er, „unsere Zeit ist tatsächlich gemessen, wir wollen sie daher möglichst richtig und vernünftig ausnützen."

Die Mahlzeit verlief sehr heiter und angeregt, trotzdem wir uns fortwährend unserer furchtbaren Lage bewußt waren und der feierliche Ernst derselben sich mäßigend auf unsere Gedanken legte. Nur diejenigen, welche sich noch nie in Todesgefahr befunden haben, beben vor dem Ende zurück. Ein Jeder von uns jedoch hatte eine Zeit seines Lebens sich an diesen Gedanken gewöhnt und die Frau stützte sich auf ihren mächtigen Gefährten. Seine Wege waren auch die ihren. Die Zukunft war uns schon vorgezeichnet, die Gegenwart aber gehörte noch uns. Wir verbrachten die Spanne Zeit, die wir vor uns hatten, in traulichem Zusammensein und anregendem Gespräch. Unser Verstand arbeitete, wie ich schon bemerkt habe, außerordentlich scharf. Sogar ich sprühte zeitweilig von Geist. Challenger aber war einfach großartig! Nie noch vorher hatte ich die elementare Größe dieses Mannes, die Ausdehnung und Macht seines Verstandes so erfaßt wie an diesem Tage. Summerlee forderte ihn mit seiner säuerlichen Kritik heraus. Lord John und ich lachten darüber; seine Frau, die Hand auf seinen Arm gelegt, dämpfte das Gebrüll des Philosophen. Leben, Tod, Fatum, Menschenschicksal – das war der Gesprächsstoff dieser denkwürdigen Stunde, welche dadurch an Bedeutung gewann, daß eine seltsame plötzliche Steigerung der Lebensgeister und ein Prickeln in den Gliedmaßen mir ankündigte, daß die unsichtbare Todeswelle langsam und allmählich zu uns emporstieg. Einmal sah ich, wie Lord John plötzlich an seine Augen griff, einmal fiel Summerlee in seinen Sessel zurück. Jeder Atemzug war mit seltsamen Kräften geladen. Und doch war uns heiter und froh zu Mute.

Austin stellte gerade die Zigaretten auf den Tisch und wollte sich entfernen.

„Austin", sagte der Professor.

„Ja, Herr?"

„Ich danke Ihnen für die treuen Dienste, die Sie mir geleistet haben."

Ein Lächeln stahl sich über das verwitterte Gesicht des Dieners.

„Nur meine Pflicht getan", sagte er.

„Heute wird die Welt untergehen, Austin."

„Jawohl, Herr. Um wie viel Uhr, Herr?"

„Das kann ich nicht genau sagen, Austin. Noch vor dem Abend."

„Sehr wohl, Herr!"

Der einsilbige Austin verbeugte sich und ging. Challenger brannte eine Zigarette an, zog seinen Sessel näher zu seiner Frau heran und nahm ihre Hände in die seinen.

„Du weißt, mein Kind, wie es steht", sagte er. „Ich habe es unseren Freunden schon erklärt. Du fürchtest Dich wohl nicht?"

„Wird es weh tun, George?"

„Nicht mehr, als wenn Du Dich vom Zahnarzt einschläfern lassen würdest. So oft Du Dich hast einschläfern lassen, bist Du gestorben."

„Das ist aber ein sehr angenehmes Gefühl gewesen."

„So angenehm dürfte auch der Tod sein. Die grobkörnige Maschinerie des menschlichen Körpers kann die empfangenen Eindrücke nicht festhalten, doch ahnen wir den geistigen Genuß, welcher in einem Traume oder einem Trancezustand gelegen ist. Vielleicht hat die Natur ein wunderschönes Tor gebaut und mit vielen duftigen und schimmernden Vorhängen behängt, um unseren staunenden Seelen einen Eingang in das neue Leben zu schaffen. So oft ich in das Wirkliche eingedrungen bin, habe ich immer nur Güte und Weisheit als Kern gefunden; und wenn der geängstigte Sterbliche Zartheit je besonders nötig hat, so ist es sicherlich bei dem gefährlichen Übergang vom Leben zum Tode. Nein, Summerlee, ich will nichts von Ihrem Materialismus wissen, denn ich zumindest bin ein zu gewaltiges Ding, um mich in nichts als rein physische Bestandteile aufzulösen, in eine Handvoll Salze und drei Eimer Wasser. Hier – hier –" hämmerte er mit der ungeheuren Faust auf seinen mächtigen Schädel los, „hier ist etwas, das wohl Materie verbraucht, aber nicht aus solcher besteht, – etwas, das wohl den Tod überwinden, aber niemals von ihm vernichtet werden kann."

„Da wir gerade vom Sterben sprechen", sagte Lord John. „Ich bin gewiß ein guter Christ, aber ich kann unsere Vorväter ganz gut begreifen, die sich mit Axt, Pfeil, Bögen und dergleichen haben begraben lassen, gerade als wenn sie ihre gewohnte Lebensweise fortsetzen sollten. Ich weiß nicht", dabei blickte er verlegen über den Tisch, „ob nicht auch ich mich heimischer fühlen würde, wenn man mich mit meinem alten Vierhundertfünfziger Expreß und der Vogelflinte begraben würde, ich meine die kürzere mit dem Kautschukschaft, und ein bis zwei Schnüren Patronen – es ist gewiß eine närrische Laune, aber ich habe sie nun einmal. Was sagen Sie dazu, Herr Professor?"

„Nun", sagte Summerlee, „da Sie meine Ansicht hören wollen, mir erscheint dies als unbestreitbarer Rückfall in die Steinzeit, oder noch früher. Ich selbst gehöre dem zwanzigsten Jahrhundert an und möchte sterben wie ein richtiger Kulturmensch. Ich könnte nicht sagen, daß ich den Tod mehr fürchte als Sie alle, denn wie es auch kommen mag, habe ich ja doch nicht mehr lange zu leben. Aber es widerstrebt mir, da zu sitzen und ohne Möglichkeit zur Gegenwehr zu warten wie das Schaf auf den Schlächter. Wissen Sie genau, Challenger, daß es keine Hilfe gibt?"

„Rettung gibt es keine", sagte Challenger, „im besten Falle wird es uns gelingen, unser Leben um einige Stunden zu verlängern und die Entwicklung dieser mächtigen Tragödie unmittelbar mitanzusehen, ehe wir selbst ihr zum Opfer fallen. Das könnte in meiner Macht stehen. Ich habe gewisse Vorsichtsmaßregeln getroffen – –"

„Den Sauerstoff?"

„Sehr richtig! Den Sauerstoff."

„Aber was kann uns der Sauerstoff helfen in dem Moment, da der ganze Äther vergiftet ist? Es besteht kein größerer Unterschied zwischen einem Ziegelstein und einem Gas als zwischen Sauerstoff und dem Äther. Das sind ganz verschiedene Materien. Eines kann ja doch auf das andere nicht einwirken. Challenger, Sie können das doch wohl nicht ernst meinen."

„Mein lieber Summerlee, dieses ätherische Gift wird sicherlich durch materielle Stoffe beeinflußt. Wir erkennen das an der Art und der Verteilung der Wirkungserscheinungen. Wohl konnten wir das a priori nicht vermuten, aber jetzt ist es eine Tatsache, die nicht zu bezweifeln ist. Daher bin ich fest davon überzeugt, daß ein Gas wie Sauerstoff, welches die Lebensfähigkeit und Widerstandskraft des

59

Körpers erhöht, geeignet erscheint, die Wirkung des von Ihnen so zutreffend bezeichneten Daturon hinauszuziehen. Natürlich ist es nicht unmöglich, daß ich mich irre, doch habe ich wie immer festes Vertrauen auf die Richtigkeit meiner Annahmen."

„Nun", sagte Lord John, „wenn wir uns niedersetzen und wie Babies an ihrer Flasche, jeder an seiner Tube saugen sollen, verzichte ich."

„Das wird auch nicht notwendig sein", sagte Challenger. „Wir haben Vorsorge getroffen – es ist dies hauptsächlich der Anregung meiner Frau zu danken – daß ihr Wohnzimmer so luftdicht als möglich abgeschlossen werden soll. Mit Zuhilfenahme von groben Decken und Firnispapier – –"

„Gütiger Himmel, Challenger, Sie halten es doch wohl nicht für möglich, den Äther mit Firnispapier abzusperren?"

„Mein gelehrter Freund, Sie haben daneben getroffen. Nicht um den Äther am Eindringen, sondern um den Sauerstoff am Entweichen zu verhindern, haben wir diese Vorsichtsmaßregeln ergriffen. Ich bin davon überzeugt, daß wir das Bewußtsein nicht verlieren werden, solange die Atmosphäre mit Sauerstoff übersättigt ist. Ich hatte zwei Tuben Sauerstoff und Sie haben deren noch drei mitgebracht. Viel ist es allerdings nicht, aber immerhin etwas."

„Wie lange werden wir damit auskommen?"

„Das kann ich nicht sagen. Wir werden sie nicht öffnen, solange die Luft erträglich ist. Dann werden wir das Gas je nach Bedarf ausströmen lassen. Vielleicht werden uns einige Stunden, vielleicht auch einige Tage geschenkt, in denen wir dann auf eine verlöschte Welt hinausblicken werden. Wir rücken auf diese Art unser eigenes Ende möglichst weit hinaus und es wird uns das sonderbare Los zuteil, daß wir fünf gewissermaßen die Nachhut des Menschengeschlechtes auf dem Wege ins Unbekannte bilden. Vielleicht haben Sie nun die Güte, mir bei den Zylindern ein wenig behilflich zu sein. Die Luft wird anscheinend ziemlich drückend."

III. Von der Flut ergriffen.

D er Raum, welcher den Schauplatz unseres unvergeßlichen Erlebnisses bilden sollte, war ein von weiblichem Geschmacke reizend eingerichtetes Boudoir, ungefähr 14 bis 16 Fuß im Quadrat. Anschließend daran, durch einen Vorhang von rotem Samt getrennt, befand sich ein kleines Zimmer, das dem Professor als Ankleideraum diente. Von hier aus ging es dann in das geräumige Schlafzimmer.

Der Vorhang blieb hängen, doch bildete für unser Experiment das Boudoir und das Ankleidezimmer nur einen einzigen Raum. Eine Türe und die Fensterrahmen waren mit Streifen von Firnispapier ringsum beklebt, so daß sie buchstäblich vollkommen abgeschlossen waren. Über der andern Türe, die in das Vorzimmer mündete, hing eine Luftklappe, welche mittels einer Schnur geöffnet werden konnte, falls der Zutritt frischer Luft notwendig sein sollte. In jeder Ecke des Zimmers stand in einem Kübel eine große Blattpflanze.

„Eine besonders heikle und lebenswichtige Frage bildet es, wie wir uns der überschüssigen Kohlensäure, die wir ausatmen, entledigen können, ohne dabei den Sauerstoff irgendwie zu vergeuden", sagte Challenger und betrachtete nachdenklich die fünf nebeneinander an der Wand lehnenden Sauerstoffbehälter. „Hätte ich mehr Zeit zu diesen Vorbereitungen gehabt, so hätte ich auf die Lösung dieser Frage meinen Verstand mit voller Kraft konzentrieren können. Aber es wird schließlich auch so gehen. Die Pflanzen dort werden uns auch noch von Nutzen sein. Zwei von den Sauerstoffbehältern sind so vorbereitet, daß sie innerhalb weniger Augenblicke gebrauchsfertig sein werden. Auf diese Weise können wir nicht überrascht werden. Jedenfalls wird es gut sein, wenn wir uns nicht allzu weit von diesem Zimmer entfernen würden, der kritische Zeitpunkt kann plötzlich und unerwartet eintreten."

Ein niedriges, breites Fenster ging auf den Balkon hinaus. Es bot sich uns von hier die gleiche Aussicht, die wir bereits vom Arbeitszimmer aus hatten bewundern können. Ich sah hinaus, konnte aber nirgends Ungewöhnliches entdecken. Vor meinen Augen zog sich der Weg in sanften Windungen den Hügel hinab. Eine Bahnhof-Droschke – eines jener vorsintflutlichen Überbleibsel, die bloß noch in einzelnen Dörfern zu finden sind – kam langsam herauf. Weiter unten sah ich ein Kindermädchen, das einen Kinderwagen vor sich hinschob und ein zweites Kind neben sich an der Hand führte. Die von den Hausdächern ringsum aufsteigenden blauen Rauchwölkchen gaben der weiten Landschaft das Gepräge beruhigender Ordnung und anheimelnden Wohlbehagens. Nirgends, weder am blauen

Himmel noch auf der sonnenbeschienenen Erde, sah man Anzeichen einer nahenden Katastrophe. Die Schnitter waren wieder auf den Feldern und die Golfspieler, in Gruppen zu zweit oder viert, bewegten sich auf dem Platze umher.

In meinem Kopfe herrschte eine derart eigentümliche Verwirrung und meine überreizten Nerven befanden sich in solchem Aufruhr, daß mir die Gleichgültigkeit dieser Leute erstaunlich und unfaßbar schien.

„Diese Leute scheinen sich sehr wohl zu fühlen", bemerkte ich und wies auf den Golfplatz hinab.

„Haben Sie jemals Golf gespielt?" fragte Lord John.

„Das habe ich allerdings nicht."

„Nun, junger Mann, wenn Sie es jemals tun werden, dann werden Sie erfahren, daß ein richtiger Golfspieler, wenn er einmal ein Spiel angefangen hat, höchstens durch den Donnerschlag des jüngsten Tages darin aufgehalten werden kann. Hallo! Da läutet der Fernsprecher schon wieder!"

Von Zeit zu Zeit, während und nach der Mahlzeit, war der Professor durch das laute, schrille Läuten abgerufen worden. In wenigen kurzen Worten teilte er uns dann immer die Nachrichten mit, die an ihn gelangten. Noch nie seit dem Bestehen der Welt hatte man von so entsetzlichen Geschehnissen gehört. Vom Süden her kam der große Schatten herangekrochen, gleich einer ungeheuerlichen Todeswelle. Ägypten hatte das Delirium überstanden und war entschlafen. In Spanien und Portugal waren rasende Kämpfe zwischen den Klerikalen und den Anarchisten von der Stille des Todes beendet worden. Aus Südamerika kamen keinerlei Depeschen mehr. In den südlichen Gebieten Nordamerikas war die Bevölkerung nach fürchterlichen Rassekämpfen dem Gifte zum Opfer gefallen. Nördlich, in der Gegend Marylands, hatte man noch wenig von der Wirkung verspürt, in Kanada beinahe gar nichts. Dagegen waren Belgien, Holland und Dänemark nacheinander von der Flut ergriffen worden. Verzweifelte Hilferufe flogen von allen Seiten an die Zentren der Wissenschaft, an die Chemiker und Ärzte von Weltruf, man flehte sie an, zu raten und zu helfen. Auch die Astronomen wurden mit Fragen überschüttet. Aber nichts ließ sich mehr tun. Die Erscheinung war allgemein und lag außerhalb unseres menschlichen Wissens und Eingreifens. Es war der Tod – schmerzlos, doch unaufhaltsam – der Tod für Jung und Alt, Gesund und Krank, Arm und Reich und es gab keine Möglichkeit des Entrinnens. Solcherart waren die Nachrichten, welche uns aus abgebrochenen, verzweifelten Gesprächen aus dem Fernsprecher entgegenklangen. Die großen Städte wußten bereits ihr Schicksal, und soviel wir ersehen konnten, bereiteten sie sich darauf vor, es mit Ergebung und Würde zu tragen.

Immer noch sahen wir vor uns drunten die Landleute und Golfspieler ihrer Beschäftigung nachgehen, ahnungslos wie das Schaf unter dem Messer des Schlächters. Es schien unglaublich. Aber woher hätten sie es auch erfahren sollen? Es war an uns alle herangekommen mit ungeheuerlichen Riesenschritten.

Eben zeigte die Uhr drei Uhr Nachmittag. Während wir hinausblickten, mußte sich plötzlich irgend eine Nachricht verbreitet haben, denn laufend verließen die Schnitter ihre Felder, einige Golfspieler eilten in die Klubräume – sie liefen, als wollten sie vor einem drohenden Regen flüchten. Die kleinen Balljungen trabten hinter ihnen her. Einige Leute spielten jedoch noch immer weiter. Das Kindermädchen hatte Kehrt gemacht und schob den Kinderwagen eiligst den Hügel bergauf. Ich bemerkte, daß sie die Hand an die Stirn gelegt hatte. Die Droschke war stehengeblieben und das müde Pferd ließ den Kopf bis zwischen die Knie hinuntersinken. So schien es einzuschlafen.

Über uns wölbte sich der tiefblaue Himmel in strahlender, sommerlicher Schönheit, einige leichte, weiße Wölkchen schwammen auf der ungeheuren Wölbung. War dem menschlichen Geschlechte für heute der Tod beschieden, so war es wenigstens ein Tod in Schönheit. Allerdings ließ gerade diese sanfte Lieblichkeit der Natur in ihrem Gegensatz zu dem bevorstehenden, furchtbaren Ereignis das Ganze umso grauenvoller erscheinen. Es war doch ein friedliches und angenehmes Leben, aus dem wir nun so rasch und unbarmherzig gerissen werden sollten.

Ich habe erwähnt, daß der Fernsprecher nochmals geläutet hatte. Plötzlich hörte ich Challengers dröhnende Stimme aus der Hall herübertönen.

„Malone!" rief er, „Sie werden verlangt!"

Ich lief rasch hin und erkannte Mac Ardles Stimme. Er hatte mich von London aus angerufen.

„Sind Sie es, Mr. Malone?" rief seine wohlbekannte Stimme. „Mr. Malone, hier in London geht es schrecklich zu. Um Gotteswillen, fragen Sie Professor Challenger, was er zur Hilfe vorschlägt!"

„Er kann hier nichts vorschlagen, Herr," erwiderte ich, "er betrachtet die Krise als allgemein und unabänderlich. Wir haben etwas Sauerstoff hier vorbereitet, doch kann das unser Schicksal nur um ein paar Stunden hinausschieben."

„Sauerstoff!" rief seine angstvolle Stimme. „Es ist keine Zeit mehr, Sauerstoff zu beschaffen. Seit Sie heute morgens abgereist sind, ist die Redaktion zu einem vollkommenen Narrenhaus geworden. Nun ist die Hälfte des Personals bewußtlos. Ich selbst kann mich vor Müdigkeit kaum noch schleppen. Von meinen Fenstern aus sehe ich auf der Fleet-Street die Menschen in dichten Haufen herumliegen. Jeder Verkehr ist völlig eingestellt. Nach den letzten Telegrammen zu schließen, ist die ganze Welt – –"

Seine Stimme war zu einem Flüstern herabgesunken und verstummte nun gänzlich. Einen Augenblick später hörte ich durch das Telephon einen dumpfen Schlag, als ob sein Kopf nach vorne gegen den Schreibtisch gefallen wäre.

„Mr. Mac Ardle!" schrie ich, „Mr. Mac Ardle!"

Keine Antwort. Als ich das Hörrohr anhing, wußte ich, daß ich seine Stimme das letzte Mal gehört hatte.

In diesem Augenblick, als ich eben vom Fernsprecher einen Schritt nach rückwärts machte, war das Ding über uns. Es war, wie wenn Schwimmer, die bis zu den Schultern im Wasser sind, plötzlich durch eine herabrollende Woge gepackt und untergetaucht werden. Eine unsichtbare Hand schien sich langsam um meine Kehle zu legen, zu schließen, und sanft, aber unerbittlich mein Leben aus mir herauszupressen. Ich empfand einen ungeheuren Druck auf der Brust, die quälende Enge legte sich um meine Stirn, in meinen Ohren dröhnte es und vor meinen Augen zuckten greuliche Blitze. Ich taumelte zum Treppengeländer hin. Im selben Augenblicke stürzte Challenger an mir vorbei, rasend und schnaubend wie ein verwundeter Büffel. Er bot einen entsetzlichen Anblick mit seinem dunkelroten, aufgedunsenen Gesicht, hervorquellenden Augen und gesträubtem Haar. Seine zarte Frau, die anscheinend bewußtlos war, hatte er über seine Schultern geworfen und so taumelte und stolperte er die Treppe hinauf. Kletternd und gleitend, sich und sie allein durch seine Willenskraft vorwärtsschleppend, gelang es ihm, aus der todbringenden Luft in den Hafen momentaner Sicherheit zu gelangen. Seinem Beispiel folgend, raffte auch ich mich auf, taumelnd und fallend und mich an das Treppengeländer anklammernd, schleppte ich mich vorwärts, bis ich besinnungslos beim letzten Treppenabsatz auf mein Gesicht niederfiel. Lord John packte mich mit eiserner Faust bei meinem Rockkragen und einen Augenblick später lag ich auf dem Teppich des Boudoirs auf dem Rücken, unfähig, mich zu rühren oder ein Wort zu sprechen. Neben mir lag die Frau und in einem Lehnsessel, beim Fenster hockte Summerlee, zusammengeschrumpft, den Kopf beinahe bis auf die Knie niedergebeugt. Wie im Traum sah ich Challenger gleich einem Riesenkäfer auf allen Vieren langsam über den Boden dahinkriechen und im nächsten Augenblick hörte ich das leise Zischen des entweichenden Sauerstoffes. Challenger atmete denselben gierig in langen, tiefen Zügen ein, mit lautem Gurgeln sogen seine Lungen das lebenspendende Gas in sich ein.

„Es funktioniert!" rief er frohlockend aus, „meine Annahme bewahrheitet sich also."
Er stand wieder auf den Füßen, aufrecht und kräftig. Er eilte zu seiner Frau, den Schlauch in der Hand und hielt ihr diesen an den Mund. Nach wenigen Sekunden seufzte sie, bewegte sich und richtete sich schließlich auf. Er wandte sich mir zu, und ich fühlte den Strom des Lebens neu durch meine Adern fließen. Der Verstand sagte mir, daß es nur eine kurze Gnadenfrist sei und trotzdem, so leichtfertig wir auch sonst vom Werte des Lebens sprechen, schien mir jetzt jede weitere Stunde des Lebens von unschätzbarem Werte. Nie noch habe ich eine derartig intensive Sinnesfreude empfunden als bei dieser Wiederbelebung. Die Schwere wich von meiner Brust, der Druck um die Stirne lockerte sich, ein süßes Gefühl des Friedens, der sanften, müden Entspannung breitete sich über mich aus. So lag ich da und beobachtete, wie auch Summerlee

sich unter der Einwirkung des Belebungsmittels zu erholen begann. Zuletzt kam auch Lord John an die Reihe. Er sprang auf und reichte mir die Hand, um mich empor zu ziehen, während Challenger seine Frau aufhob und auf das Sofa legte.

„O George, es tut mir so leid, daß Du mich wieder zurückgerufen hast", sagte sie, ihn bei der Hand haltend. „Die Todespforte ist wirklich mit herrlichen, schimmernden Vorhängen behangen, wie Du es gesagt hast. Sobald erst das Erstickungsgefühl überwunden ist, ist alles unbeschreiblich schön und beruhigend. Warum hast Du mich wieder erweckt?"

„Weil ich die Reise mit Dir gemeinsam antreten will. So viele Jahre hindurch waren wir treue Gefährten und es wäre traurig, wenn wir nun, in diesem letzten Augenblick, von einander getrennt würden."

Für eine Sekunde erhaschte ich das Bild eines mir bis dahin unbekannten, sanften und zarten Challengers, grundverschieden von dem lärmenden, hochtrabenden und arroganten Menschen, der seine Zeitgenossen abwechselnd in Erstaunen versetzt und beleidigt hatte. Hier, im Schatten des Todes, trat jener Challenger zu Tage, der im innersten Kern seines Wesens verborgen lag, der Mann, dem es gelungen war, sich die Liebe einer Frau zu erringen und zu erhalten.

Plötzlich änderte sich seine Stimmung und er war wieder der tatkräftige Führer.

„Ich als der einzige von allen Menschen habe dies alles vorhergesehen und vorhergesagt", sprach er, und aus seiner Stimme klang der Stolz des wissenschaftlichen Triumphes. „Nun, mein lieber Summerlee, sind wohl Ihre letzten Zweifel hinsichtlich des Verschwimmens der Spektrallinien geklärt und Sie werden gewiß nicht länger mehr glauben, daß mein Brief an die ‚Times‘ das Ergebnis eines Irrtums war."

Zum ersten Male blieb unser kampflustiger Gefährte die Antwort schuldig. Er saß da, schnappte nach Luft und streckte seine langen Glieder, als wollte er sich erst davon überzeugen, daß er wirklich noch lebend auf dieser Erde weile. Challenger ging zu den Sauerstoffbehältern hinüber, drehte den Hahn und das laute Zischen verwandelte sich in ein leises Säuseln.

„Wir müssen mit unserem Vorrat sparsam umgehen", sagte er. „Die Luft in diesem Raum ist nun stark mit Sauerstoff gesättigt, und ich glaube, daß keiner von uns mehr irgend welche beklemmende Symptome fühlt. Wir können durch praktische Versuche erproben, welche Menge der Luft zugesetzt werden muß, um die giftige Wirkung aufzuheben. Warten wir also ab."

Wir warteten schweigend, in nervöser Spannung etwa fünf Minuten lang und beobachteten unser Befinden. Ich konstatierte soeben, daß jener drückende Reif sich neuerdings um meine Schläfe legte, als Frau Challenger vom Sofa aus uns zurief, sie fühle eine Ohnmacht herannahen. Ihr Gatte ließ neuerdings Sauerstoff ausströmen.

„In früherer Zeit, als der Wissenschaft noch nicht ihre heutige Stellung eingeräumt war," sagte er, "pflegte man auf jedem Unterseeboot weiße Mäuse zu halten, da deren zartere Konstitution eher die Einwirkung einer schädlichen Atmosphäre empfand, als dies bei den Seeleuten der Fall war. Du, meine liebe Frau, mußt hier die Rolle dieser weißen Maus spielen. Ich habe wieder Gas eingelassen und Du wirst Dich sicherlich wohler fühlen."

„Ja, es ist mir besser."

„Vielleicht haben wir jetzt die richtige Mischung getroffen. Sobald wir erst festgestellt haben, wie lange wir mit einem Quantum auskommen, werden wir auch berechnen können, wie lange wir noch zu leben haben. Leider haben wir einen ansehnlichen Teil des ersten Behälters für unsere Wiedererweckung verbraucht."

„Was liegt daran?" fragte Lord John, der, die Hände in den Taschen vergraben, am Fenster stand. „Wenn wir schon sterben müssen, hat es doch keinen Zweck, unseren Tod hinauszuschieben. Sie glauben doch wohl nicht an eine Möglichkeit der Rettung?"

Challenger schüttelte lächelnd den Kopf.

„Halten Sie es in diesem Falle nicht für würdiger, selbst den Sprung zu tun, als zu warten, bis man hineingestoßen wird? Wenn wir schon sterben müssen, bin ich dafür, unser Gebet zu sprechen, den Sauerstoff abzustellen und das Fenster zu öffnen."

„Warum auch nicht?" fragte tapfer die Frau. „Sicherlich – George, der Lord hat vollkommen recht – es ist besser so."

„Ich widersetze mich dem allen Ernstes", fiel Summerlee verdrießlich ein. „Wenn wir sterben müssen, werden wir sterben. Aber dem Tod zuvorkommen wollen – das scheint mir doch ein törichtes und ungerechtfertigtes Beginnen."

„Was sagt mein junger Freund dazu?" fragte Challenger.

„Ich bin dafür, das Ende abzuwarten."

„Und ich bin entschieden derselben Meinung", sagte er.

„Dann denke ich natürlich so wie Du, George!" rief seine Frau.

„Nun gut, ich habe nur die Frage zur Diskussion gestellt", sagte Lord John. „Wollt Ihr alle bis zum Schlusse warten, folge ich Eurem Beispiel. Es wird zweifellos sehr interessant sein. Ich habe einen guten Teil Abenteuer erlebt und ebensoviele Sensationen mitgemacht, wie die meisten Menschen, aber dieses Ende meines irdischen Lebens würde mir entschieden als der Höhepunkt erscheinen."

„Angenommen, daß ein Weiterleben nach dem Tode möglich ist – –" begann Challenger.

„Eine kühne Annahme!" rief Summerlee.

Challenger starrte ihn in stummer Mißbilligung an.

„Den Fall also angenommen, daß ein Weiterleben nach dem Tode möglich ist," wiederholte er in seiner höchst lehrhaften Weise, „kann niemand von uns vorhersagen, welche Möglichkeiten der Beobachtung von der sogenannten geistigen Sphäre herab auf die materielle Welt sich uns bieten werden. Auch dem halsstarrigsten Menschen", dabei blickte er Summerlee an, „muß das einleuchten, daß wir, so lange wir selbst aus Materie bestehen, am ehesten in der Lage sind, materielle Phänomene zu beobachten und uns ein Urteil darüber zu bilden. Einzig und allein dadurch, daß wir noch die wenigen übrigbleibenden Stunden ausharren, bietet sich uns die Möglichkeit, in eine spätere Existenz ein klares Bild des großartigsten Ereignisses mitzunehmen, welches sich jemals in der Welt oder dem Weltall, soweit wir es kennen, zugetragen hat. Ich würde es für unverantwortlich halten, ein so wundersames Erlebnis auch nur um eine Minute abzukürzen.“

„Ich bin der gleichen Ansicht!“ rief Summerlee.

„Einstimmig angenommen“, sagte Lord John. „Wahrhaftig, der arme Teufel, Ihr Chauffeur da unten im Hofe, hat heute seine letzte Fahrt gemacht. Wäre es nicht gut, einen Ausfall zu machen und ihn hereinzunehmen?“

„Das wäre heller Wahnsinn!“ rief Summerlee aus. „Sie haben Recht“, meinte der Lord. „Ihm ist wohl nicht mehr zu helfen und selbst angenommen, wir kämen lebend zurück, würde eine übermäßige Vergeudung unseres Sauerstoffes nötig sein. Bei Gott – sehen Sie nur, wie die kleinen Vögel da unter den Bäumen umherliegen!“

Wir stellten vier Sessel an das breite, niedrige Fenster, die Frau blieb mit geschlossenen Augen auf dem Sofa sitzen. Ich erinnere mich noch der ungeheuerlichen und grotesken Empfindung, welche sich meiner bemächtigte.– wahrscheinlich begünstigt

von der dumpfen, drückenden Luft, welche wir ein-
atmeten – daß wir nämlich auf vier vorderen Par-
kettplätzen dem letzten Akt des Weltendramas bei-
wohnten.

In unmittelbarster Nähe, ganz im Vordergrunde,
lag der kleine Hof, in dem das halbgereinigte Automobil stand. Austin, der Chauffeur, hatte nunmehr
seine letzte und unwiderrufliche Kündigung erhalten. Die Glieder von sich gestreckt, lag er da und
eine große, schwarze Abschürfung auf der Stirne
mochte davon herrühren, daß er beim Hinfallen mit
dem Kopf auf das Trittbrett oder den Kotflügel aufgeschlagen war. Noch hielt er in der Hand das Rohr
des Spritzschlauches, mit dem er den Wagen abge-
waschen hatte. In einer Ecke des Hofes standen einige niedrige Platanen und darunter sah man eine
Anzahl kleiner flaumiger Federbälle, rührend anzu-
sehen mit ihren winzigen Füßchen, die starr in die
Höhe gerichtet waren. Die Sense des Todes hatte
alles, Groß und Klein, mit vernichtendem Streiche
getroffen. Über die Hofmauer hinweg sahen wir auf
die Straße, welche sich in Windungen bis an den
Bahnhof erstreckte. An ihrem Ende lag in wildem
Durcheinander, die Körper aufeinander getürmt,
eine Gruppe von Erntearbeitern, die wir laufend das
Feld verlassen gesehen hatten. Weiter oben lag das
Kindermädchen, Kopf und Schultern gegen die
grasbewachsene Böschung gelehnt. Sie hatte den
Säugling aus dem Wagen in die Arme genommen,
und so hielt sie das kleine, bewegungslose Bündel
an sich gedrückt. Dicht hinter ihr zeigte uns ein

kleiner Fleck am Wegrand die Stelle, an welcher
der kleine Junge ausgestreckt lag. Näher zu uns befand sich das tote Droschkenpferd, das zwischen
der Deichsel kniete. Einer grotesken Vogelscheu-
che gleich hing der alte Kutscher über das Schutz-
leder hinüber, seine Arme baumelten unbeholfen
herab. Wir konnten deutlich durch das Fenster erkennen, daß sich ein junger Mann im Wagen befand. Die Türe war ein wenig geöffnet und er hielt
den Türgriff mit der einen Hand fest umklammert,
als hätte er versucht, noch im letzten Augenblicke
aus dem Wagen hinauszuspringen. Etwa in halber
Entfernung vom Bahnhofe waren die Golfplätze,
wie am Vormittag von zahlreichen Spielern bedeckt, aber nun lagen diese regungslos ausgestreckt
auf dem Rasen und auf dem Streifen Heideland. An
einer Stelle allein lagen acht leblose Körper, die
Teilnehmer einer Spielergruppe, welche mit den
Balljungen bis zuletzt beim Spiele ausgeharrt hatten. Kein Vogel flog mehr unter dem blauen Him-
melsgewölbe, weder Mensch noch Tier belebte die
weite Landschaft vor uns. Wohl bestrahlte die
Abendsonne das Land mit friedlichem Glanze,
doch über allem ruhte das tiefe Schweigen der allgemeinen Vernichtung – der auch wir nun bald
preisgegeben sein würden. Die einzige Scheide-
wand zwischen uns und dem Schicksal unserer Mitmenschen bildete augenblicklich eine dünne Glas-
scheibe, welche unseren Sauerstoff, unser einziges
Schutzmittel, gegen den vergifteten Äther abschloß.
Für die Dauer einiger weniger Stunden war es der

Voraussicht eines einzelnen Gelehrten gelungen, uns inmitten der ungeheuren Todeswüste in einer kleinen Oase des Lebens zu erretten und uns vor dem allgemeinen Verderben zu bewahren. Aber schließlich mußte der Sauerstoff einmal aufgebraucht sein, und dann würden auch wir, nach Luft ringend, auf jenem kirschroten Teppich des Boudoirs liegen, und das Los der gesamten menschlichen Rasse mit uns als letzten Rest würde gleich dem aller andern lebenden Organismen besiegelt sein. Lange Zeit hindurch blickten wir auf das Drama der Welt vor uns hinaus, in einer Stimmung, die zu feierlich für Worte war.

„Dort steht ein Haus in Flammen", sagte Challenger und deutete auf eine Rauchsäule, welche über den Bäumen aufstieg. „Ich erwarte, daß noch viele folgen werden. Ja, es ist möglich, daß ganze Städte in Flammen aufgeben werden – denn es dürften viele Menschen hingestürzt sein, während sie gerade ein brennendes Licht oder dergleichen in der Hand hielten. Die Tatsache dieses Brandes allein beweist, daß der Sauerstoffgehalt der Luft vollkommen normal ist und daß also die Ursachen im Äther allein zu suchen sind. Aha, seht dort hin auf den Gipfel des Crowborough-Hügels, auch dort scheint Feuer ausgebrochen zu sein. Es ist das Golfklubhaus, wenn ich mich nicht irre. Hört, da schlägt die Kirchturmuhr. Es würde unsere Philosophen gewiß interessieren zu erfahren, daß der von Menschen geschaffene Mechanismus seine Schöpfer überlebt hat."

„Großer Gott!" rief Lord John, voll Erregung aufspringend. „Was bedeutet diese Rauchwolke? Es ist ein Zug!"

Wir hörten dessen Schnauben, und nun kam er in Sehweite herangerast, mit einer, wie es mir schien, geradezu beängstigenden Schnelligkeit. Aus welcher Richtung er kam und wie lange er sich unterwegs befand, konnten wir nicht feststellen. Es war wohl nur einem ganz besonderen Zufalle zuzuschreiben, daß er die Strecke bisher glatt zurücklegen konnte. Nun sollten wir das furchtbare Ende seines Laufes mitansehen. Auf den Schienen stand bewegungslos ein Kohlenzug. Wir hielten den Atem an, als wir entdeckten, daß der Schnellzug auf demselben Geleise dahinraste. Der Zusammenstoß war furchtbar.

Lokomotive und Waggons schoben sich tosend ineinander und bildeten ein Gewirr von zersplittertem Holz und verbogenem Eisen. Flammen schossen aus den Trümmern hervor, bis das Ganze in feuriger Glut aufgeflammt war. Wir saßen über eine halbe Stunde wortlos da, überwältigt von dem schaurigen Anblick.

„Arme, arme Leute", jammerte schließlich Frau Challenger auf und klammerte sich an den Arm ihres Gatten.

Challenger streichelte beruhigend ihre Hand und meinte: „Mein liebes Kind, die Menschen, welche sich in dem Zuge befinden, waren nicht lebendiger als die Kohlen, in die sie hineinrasten, oder der Kohlenstoff, zu dem sie nun geworden sind. Als der Train vom Victoriabahnhofe abfuhr, war er allerdings noch ein Zug voll Lebender, doch schon lange, ehe er hier sein Ziel erreicht hat, war er nur noch mit Toten gefüllt."

„In der ganzen Welt muß sich derartiges abspielen", sagte ich, während die Visionen seltsamer Ereignisse vor meinem Geiste aufstiegen. „Denkt nur an die Schiffe auf offener See – sie werden wohl weiter und weiter dampfen, bis ihre Kessel verlöschen oder bis sie mit Macht auf eine Sandbank auflaufen. Auch die Segelschiffe – wie sie mit ihrer toten Mannschaft weitersegeln und Wasser übernehmen werden, bis das Holz verfault und die Planken bersten und schließlich eines nach dem anderen versinkt. Vielleicht wird noch in hundert Jahren der Atlantische Ozean mit alten, treibenden Wracks besät sein."

„Und die Leute in den Kohlenbergwerken", sagte Summerlee mit einem Lachen, das keine Heiterkeit verriet. „Sollten durch irgend einen Zufall jemals wieder Geologen auf dieser Erde leben, so werden sie seltsame Theorien aufstellen über die Existenz von Menschen der Jetztzeit in kohleführenden Schichten."

„Von derlei Dingen verstehe ich nicht viel", meinte Lord John, „doch glaube ich, daß von nun an die Welt als ‚leerstehend zu vermieten‘ sein wird. Ist einmal unsere ganze menschliche Generation ausgestorben, wo soll dann eine neue herkommen?"

„Am Anfang war die. Erde wüste und leer", erwiderte Challenger ernst. „Nach gewissen Gesetzen, deren Zusammenhang jenseits unseres Wissens liegt, hat sie sich bevölkert. Warum sollte dieser Vorgang sich nicht wiederholen?"

„Mein lieber Challenger, sprechen Sie im Ernst?"

„Es ist nicht meine Gewohnheit, Kollege Summerlee, Dinge zu behaupten, die ich nicht ernst meine. Die Bemerkung war überflüssig." Der Bart streckte sich majestätisch vor und die Augenlider senkten sich.

„Gut, gut – Sie haben als eigensinniger Dogmatiker gelebt und wollen es bis zu Ihrem Ende bleiben", sagte mit saurer Miene Summerlee.

„Und Sie, Herr Kollege, sind von jeher ein ganz phantasieloser Obstruktionär gewesen, und es ist nicht zu hoffen, daß Sie sich noch ändern werden."

„Allerdings werden Ihnen selbst Ihre ärgsten Gegner niemals einen Mangel an Phantasie vorwerfen können", replizierte Summerlee.

„Mein Wort darauf!" rief Lord John, „es würde Eurer Wesensart ganz und gar entsprechen, den letzten Atemzug Sauerstoff dazu zu verwenden, um sich gegenseitig Grobheiten zu sagen. Was liegt denn noch daran, ob wieder Menschen sein werden oder nicht? In unserer Zeit wird es gewiß nicht mehr der Fall sein."

„Mit dieser Bemerkung, mein Herr, haben Sie Ihre sehr beschränkte Urteilsfähigkeit bewiesen", sagte Challenger streng. „Der wahre Geist der Wissenschaft läßt sich nicht durch seine eigene zeitliche und räumliche Situation Fesseln anlegen. Er errichtet sich selbst ein Observatorium an der Grenzlinie der Gegenwart, welche die unendliche Vergangenheit von der unendlichen Zukunft scheidet. Von diesem sicheren Beobachtungsposten aus unternimmt er seine Streifzüge sogar bis an den Urbeginn und das Ende aller Dinge. Was den Tod anbelangt, so arbeitet der wissenschaftliche Geist in normaler und methodischer Weise bis zum letzten Augenblick und stirbt auf seinem Posten. Die Auflösung seiner eigenen physischen Persönlichkeit ist ihm ebenso wenig beachtenswert, wie alle anderen Einschränkungen dieser materiellen Welt. Habe ich nicht Recht, Professor Summerlee?"

Summerlee brummte widerwillig eine mürrische Zustimmung. „Unter gewissen Vorbehalten gebe ich es zu."

„Der ideale wissenschaftliche Geist," fuhr Challenger fort, „ich rede von ihm in der dritten Person, um nicht anmaßend zu scheinen – der ideale wissenschaftliche Geist sollte imstande sein, in dem Zeitraum, welchen der Träger dieses Geistes braucht, um aus einem Luftballon auf die Erde herabzustürzen, sich einen neuen Lehrsatz abstrakter Wissenschaft auszudenken. Männer von solch starker Art sind nötig, um die Natur zu erobern und Pioniere der Wahrheit zu werden."

„Es will mir scheinen, als ob diesmal die Natur die Oberhand behalten sollte", sagte Lord John, aus dem Fenster blickend. „Ich habe einige Leitartikel gelesen, nach welchen Ihr Gelehrten sie bezwungen haben sollt, doch scheint es mir, als ob sie ihre Eigenmächtigkeit wieder zurückgewonnen hätte."

„Das ist nur ein momentaner Rückschlag", erwiderte Challenger voll Überzeugung. „Was bedeuten einige Millionen Jahre in dem unendlichen Kreislaufe der Zeit? Wie Ihr seht, ist die Pflanzenwelt verschont geblieben. Seht nur die Blätter dieser Platanen. Die Vögel sind tot, die Pflanze aber lebt. Aus diesem pflanzlichen Leben in stehenden Gewässern, in Teich oder Sumpf, werden zu gegebener Zeit mikroskopisch winzige Organismen entstehen, die Pioniere für die unendlich große Armee des Lebens, deren Nachhut zu bilden im Augenblicke gerade uns bestimmt ist. Hat sich erst einmal diese niedrigste Art von Lebewesen gebildet, so entwickelt sich daraus mit ebenso unfehlbarer Sicherheit ein neues Menschengeschlecht, wie die Eiche sich aus der Eichel entwickeln muß. Der alte Kreis wird sich eben nochmals neu bilden."

„Aber das Gift?" fragte ich. „Wird es nicht jede Spur von Leben im Keime ersticken?"

„Es ist möglich, daß wir es mit einer Ader oder einer bloßen Schicht von Gift im Äther zu tun haben – einem mephitischen Golfstrom inmitten des unermeßlichen Ozeans, in dem wir treiben. Auch ist es möglich, daß ein Ausgleich stattfindet und sich unter Anpassung an neugebildete Bedingungen frisches Leben entwickelt. Die Tatsache allein, daß eine verhältnismäßig geringe Übersättigung unseres Blutes mit Sauerstoff hinreicht, dem Gift standzuhalten, ist ein Beweis dafür, daß es keiner sehr bedeutenden Veränderung bedürfen wird, um das animalische Leben zu ermöglichen und zu erhalten."

Das rauchende Haus jenseits der Bäume stand in hellen Flammen. Wir sahen, wie mächtige Feuerzungen in die Luft schossen.

„Es ist sicherlich furchtbar", murmelte Lord John, der davon mehr ergriffen zu sein schien, als dies irgend ein anderes Ereignis zuwege gebracht hätte.

„Was liegt schließlich und endlich daran?" bemerkte ich. „Die Welt ist tot, Verbrennung ist gewiß die beste Art der Bestattung. Für uns wäre es eine Verkürzung der Wartezeit, wenn unser Haus in Flammen aufgehen würde."

„Ich habe diese Gefahr vorhergesehen und meine Frau gebeten, dagegen Vorsichtsmaßregeln zu ergreifen", sagte Challenger.

„Es ist alles in bester Ordnung, Lieber. Aber in meinem Kopfe beginnt es wieder zu hämmern. O Gott, welch schreckliche Luft!"

„Wir müssen sie wieder aufbessern", sagte Challenger. Dabei beugte er sich über den Sauerstoffbehälter.

„Er ist fast leer", konstatierte er. „Beinahe drei und eine halbe Stunde hat er ausgehalten. Jetzt ist es bald acht Uhr. Wir werden die Nacht ganz angenehm verbringen. Nach meiner Berechnung dürfte das Ende morgen früh um neun Uhr eintreten. Einen Sonnenaufgang erleben wir noch, einen für uns ganz allein."

Er ging nun an den zweiten Behälter und öffnete gleichzeitig für eine halbe Minute die Luftklappe über der Tür. Als dann die Luft merklich besser wurde, unsere Symptome sich aber verstärkten, schloß er die Klappe wieder.

„Übrigens", sagte er, „lebt der Mensch nicht nur von Sauerstoff. Die Zeit zum Dinner ist schon vorbei. Ich versichere Sie, meine Herren, als ich Sie in mein Haus gebeten habe, um dieses, wie ich glaube, sehenswerte Schauspiel zu genießen, habe ich gehofft, daß meine Küche ihrem guten Ruf Ehre machen wird. Nun müssen wir uns jedoch behelfen. Sie werden mir recht geben, wenn ich jedes Ofenanzünden vermeide, um unsere Luft nicht unnötig schnell aufzuzehren. Wir werden uns mit kalten Fleischspeisen, Brot und Pickles begnügen müssen, auch einige Flaschen Claret habe ich bereitstellen lassen. – Ich danke Dir, meine Liebe – Du bist wie immer die Königin aller Hausfrauen."

Es war auch wirklich anerkennenswert, wie Frau Challenger, mit der Selbstachtung und dem Schicklichkeitsgefühl der englischen Hausfrau, in diesen wenigen Minuten den Mitteltisch mit einem schneeweißen Tafeltuch bedeckt hatte; nun legte sie die Servietten auf ihre Plätze und richtete das einfache Mahl mit aller Feinheit moderner Kultur an. Nicht einmal die elektrische Tafellampe in der Mitte des Tisches fehlte. Noch mehr aber wunderten wir uns über unseren Appetit, der fast an Gefräßigkeit grenzte.

„Das ist die Folge unserer Aufregungen", sagte Challenger mit jener Geste der Herablassung, mit welcher er seinen wissenschaftlichen Geist zur Erklärung alltäglicher Tatsachen heranzog. „Das bedeutet eine molekulare Einbuße, die ausgeglichen werden muß. Großer Schmerz und große Freude rufen intensiven Appetit hervor und nicht Appetitlosigkeit, wie die Romanschreiber uns einreden wollen."

„Wahrscheinlich pflegt aus diesem Grunde die Landbevölkerung immer einen feierlichen Leichenschmaus zu veranstalten", bemerkte ich.

„Ganz richtig. Unser junger Freund hat eine ausgezeichnete Illustration für diese Sache gefunden. Ich darf Ihnen doch noch eine Schnitte Zunge vorlegen?"

„Ganz wie bei den Wilden", meinte Lord John und verzehrte mit Andacht seinen Rinderbraten. „Ich habe dem Begräbnisse eines Häuptlings am Aruwini-River beigewohnt und dabei haben sie ein komplettes Nilpferd verzehrt, welches an Gewicht ungefähr dem ganzen Stamme gleichgekommen sein dürfte. Es gibt einige Stämme in Neu-Guinea, welche den teuren Verbliebenen, während sie ihn betrauern, zu verzehren pflegen, wahrscheinlich aus Ordnungssinn, um ihn aus dem Weg zu räumen. Aber ich glaube, daß von allen Leichenschmäusen der ganzen Welt der unsere jedenfalls der originellste sein dürfte."

„Eines empfinde ich als besonders sonderbar", bemerkte Frau Challenger. „Ich kann kein Gefühl der Trauer um die nunmehr Gestorbenen aufbringen. Meine Eltern leben in Bedford. Ich weiß genau, daß sie tot sind, und doch kann ich in dieser Weltkatastrophe keine Trauer um eine einzelne

Persönlichkeit empfinden, nicht einmal für meine nächsten Angehörigen."

„Und meine alte Mutter in ihrem kleinen Landhause in Irland", sagte ich. „Ich sehe sie im Geiste vor mir, mit Shawl und Spitzenhäubchen, wie sie in ihrem alten, hochlehnigen Sitze am Fenster mit geschlossenen Augen zurückgelehnt liegt, Brille und Buch neben sich. Welchen Grund habe ich, sie zu betrauern? Sie ist hinübergegangen und ich werde ihr bald nachfolgen, vielleicht werde ich ihr in dem andern Leben näher sein als England von Irland ist. Trotzdem tut es mir leid zu denken, daß das teure Wesen nicht mehr ist."

„Was den körperlichen Tod des Individuums betrifft", erwiderte Challenger, „tut es uns doch auch nicht um unsere abgeschnittenen Nägel oder um unsere gestutzten Haare leid, obwohl sie auch einst einen Teil von uns gebildet haben. Auch wird ein Einbeiniger nicht sein abgetrenntes Bein bemitleiden. Der physische Körper ist für uns eher ein ständiger Quell der Ermüdung und der Schmerzen. Fortwährend mahnt er uns an die Grenzen, welche uns gezogen sind. Warum sollten wir also seine Loslösung von unserem seelischen Selbst beklagen?"

„Vorausgesetzt, daß eine solche überhaupt möglich ist", knurrte Summerlee. „Wie dem aber auch sei, das allgemeine Sterben ist furchtbar."

„Wie ich schon früher ausgeführt habe," erwiderte Challenger, „ist ein allgemeines Sterben an sich lange nicht so furchtbar wie der Tod des Einzelnen."

„Genau dasselbe wie im Krieg", meinte Lord John. „Wenn Ihr einen einzelnen Mann hier am Boden liegen sehen würdet, mit einem großen Loch im Kopf und eingedrücktem Brustkasten, würde Euch vor dem Anblick grauen. Im Sudan habe ich ihrer aber Zehntausende so auf dem Rücken liegen gesehen, ohne daß es besonderen Eindruck auf mich gemacht hätte; – wenn wir den Gang der Geschichte miterleben, wiegt das Leben des Einzelnen viel zu gering, um sich darüber zu sorgen. Wenn tausend Millionen zusammen sterben müssen, wie es heute geschah, kann man aus der Menge Niemanden besonders hervorheben."

„Ach, wenn nur schon alles vorbei wäre", sagte traurig die Frau. „O, George, ich habe solche Angst."

„Du bist bestimmt die Tapferste von uns allen, bis es erst so weit sein wird, kleine Frau. Gewiß war ich Dir gegenüber ein alter Brummbär, aber Du mußt bedenken, daß G. E. C. so ist, wie Gott und die Natur ihn erschaffen haben und er sich nicht anders geben konnte, als er eben war. Übrigens – Du hättest ja doch keinen Andern wollen, nicht wahr?"

„Keinen andern in der weiten Welt als Dich, mein Lieber", sagte sie und legte die Arme um seinen Stiernacken. Wir drei andern schritten zum Fenster, und starr vor Staunen sahen wir das Bild, das sich uns bot.

Finsternis war hereingebrochen und die tote Welt lag im Dunkel. Am südlichen Horizont aber dehnte sich ein feuriger, scharlachroter Streifen in

ansehnlicher Länge, welcher abwechselnd ver-
glomm und wieder aufflackerte, ohne Übergang in
den grellsten Farben aufglänzte und wieder in eine
glimmende Feuerlinie zusammensank.

„Lewes brennt!" rief ich.

„Nein, es ist Brighton, was da in Flammen
steht", sagte Challenger und trat zu uns. „Sie können sehen, daß sich die Wellenlinie der Downs vor
der Glut erhebt, das Feuer ist also dahinter und muß
sich viele Meilen erstrecken. Die ganze Stadt
scheint eingeäschert zu sein."

In verschiedenen Richtungen sah man roten Feuer-
schein aufflackern und der Trümmerhaufen auf
dem Bahngeleise glomm fortwährend weiter, doch
waren dies nur Lichtpünktchen im Vergleiche zu
der gigantischen Feuersbrunst jenseits der Hügeln.
Was wäre das für ein fabelhafter Artikel für die
„Gazette" geworden. Hatte je ein Journalist solch
eine Gelegenheit gehabt und dabei so wenig Möglichkeit, von ihr Gebrauch zu machen? Das Beste
vom Besten – und niemand da, um es zu würdigen.
Plötzlich überfiel mich das Fieber des Berichter-
statters. Wenn die Männer der Wissenschaft bis
zum letzten Augenblicke auf ihrem Posten blieben,
wollte ich mich von ihnen nicht beschämen lassen
und das tun, was in meinen bescheidenen Kräften
stand. Nie würde wohl ein Menschenauge lesen,
was ich geschrieben, aber die lange Nacht mußte irgendwie überstanden werden – mir wenigstens war
es unmöglich, ein Auge zu schließen. Die Notizen
würden mir über die lange Nachtwache hinweghel-

fen und mich von den traurigen Gedanken ablenken. So kommt es, daß ich jetzt das Notizbuch mit den vollgekritzelten Seiten vor mir liegen habe, damals beschrieben, während es auf meinen Knien in dem undeutlichen Licht der einen elektrischen Lampe lag. Wäre ich dichterisch begabt, hätte ich das also Geschriebene der außerordentlichen Begebenheit würdig angepaßt. So wird es dazu dienen, der Mitwelt die schrecklichen Gemütsbewegungen und Gefühle dieser Schreckensnacht vor Augen zu führen.

IV. Das Tagebuch eines Sterbenden.

Wie seltsam erscheinen mir diese Worte zu Beginn der leeren Seite meines Notizbuches! Noch seltsamer aber ist es, daß ich, Edward Malone, sie geschrieben habe – ich, der erst vor etwa zwölf Stunden meine Wohnung in Streatham verlassen habe, ohne eine Ahnung davon, welche wunderbaren Ereignisse dieser Tag bringen sollte. Ich überblicke nochmals die Reihenfolge der Ereignisse, meine Unterredung mit Mac Ardle, Challengers ersten beunruhigenden Brief an die „Times", die verrückte Bahnfahrt, das angenehme Frühstück, die Katastrophe, und nun ist es so weit gekommen, daß wir allein auf einem leeren Planeten zurückgeblieben sind. So unabwendbar ist unser Los, daß mir diese Zeilen, welche ich aus Berufsgewohnheit schreibe und die nie mehr von Menschenaugen gelesen werden sollen, wie die Worte eines bereits Gestorbenen erscheinen. So nahe bin ich der Grenze jenes Schattenreiches, das alle, die sich außerhalb unseres Zufluchtsortes befanden, schon betreten haben. Jetzt erst erkenne ich, wie weise und wahr Challenger gesprochen hatte, als er sagte, die wahre

Tragödie bestehe darin, Alles zu überleben – alles, was schön und gut und edel gewesen. Aber diese Gefahr besteht nicht. Schon geht unser zweiter Sauerstoffbehälter zu Ende. Wir können fast auf die Minute berechnen, welches armselige Restchen von Leben uns noch bleibt. Soeben hat Challenger uns eine Vorlesung gehalten, wohl eine gute Viertelstunde lang – er war so aufgeregt, daß er uns anbrüllte und heulte, als richte er in Queens Hall das Wort an seine alten Zuhörerreihen von wissenschaftlichen Skeptikern. Er sprach zu einem merkwürdigen Auditorium; zu seiner Frau, die fügsam zu allem Ja sagte, ohne zu wissen, was er eigentlich wollte; zu Summerlee, der verdrießlich und nörgelnd am Fenster saß, aber interessiert zuhörte; zu Lord John, der sich gelangweilt in eine Ecke lehnte und zu mir, der ich, am Fenster stehend, die Szene mit der losgelösten Aufmerksamkeit eines Menschen betrachtete, der zu träumen glaubt oder Vorgänge sich abspielen sieht, an denen er keinen Teil mehr hat. Challenger saß am Mitteltische und eine elektrische Flamme beleuchtete die Spiegelplatte unter dem Mikroskop, das er aus seinem Ankleidezimmer geholt hatte. Der helle Lichtschimmer, von der Platte zurückgeworfen, ließ einen Teil seines verwitterten, bärtigen Gesichtes in schärfster Beleuchtung sichtbar werden, während der andere Teil in tiefsten Schatten getaucht war. Wie es scheint, hatte er kürzlich mit einer Arbeit über die niedrigsten Lebensorganismen begonnen, und momentan erregte ihn die Tatsache ganz außerordentlich, daß er die am Vortage unter das Mikroskop gebrachte Amöbe noch lebend vorfand.

„Seht nur her", wiederholte er aufgeregt. „Summerlee, wollen Sie herüberkommen und sich davon selbst überzeugen? Bitte, Malone, wollen Sie bestätigen, was ich sage. Die kleinen spindelförmigen Körper in der Mitte sind Diatomeen und nicht weiter zu beachten, da sie ja wahrscheinlich eher vegetabilische als animalische Wesen sein dürften. Rechts aber sehen Sie eine ganz ausgesprochene Amöbe, welche träge über das Lichtfeld kriecht. Die obere Schraube hier dient zur scharfen Einstellung, Sie können sich sie nach Bedarf richten."

Summerlee folgte seiner Weisung und stimmte zu. Auch ich blickte hindurch und sah ein kleines Geschöpf, das – einem Räupchen aus Glas gleich – seine klebrigen Spuren auf dem belichteten Feld hinterließ.

Dem Lord war die Sache anscheinend sehr gleichgültig.

„Wozu soll ich mir den Kopf zerbrechen, ob sie lebt oder nicht", sagte er. „Wir kennen uns ja nicht einmal vom Sehen aus, warum also soll ich mich besonders aufregen? Sie wird sich ja wegen unseres Gesundheitszustandes auch nicht aus der Ruhe bringen lassen?"

Darüber mußte ich lachen und Challenger sah mit seinem kältesten und mißbilligendsten Blick zu uns herüber – geradezu versteinernd.

„Die Leichtfertigkeit der Halbgebildeten ist noch lästiger als der beschränkte Eigensinn der gänzlich

Ungebildeten", sagte er. „Wenn sich Lord John Roxton vielleicht herablassen würde – – –"

„Mein lieber George, sei nicht so bissig" – meinte seine Frau und legte begütigend die Hand auf seine schwarze Mähne, die über das Mikroskop herabhing. „Ist es denn nicht ganz gleichgültig, ob die Amöbe noch lebt oder nicht?"

„Nein, der Unterschied bedeutet sogar sehr viel", antwortete mürrisch ihr Gatte.

„Nun gut, so sprechen wir eben darüber", sagte mit heiterem Lächeln Lord John. „Schließlich können wir hierüber gerade so gut sprechen wie von etwas anderem, und sollten Sie der Meinung sein, daß ich das Ding zu leicht genommen habe oder etwa seine Gefühle irgendwie verletzt habe, will ich mich gern entschuldigen."

„Ich für meine Person", bemerkte Summerlee in seiner knarrenden, streitsüchtigen Weise, „begreife überhaupt nicht, weshalb Sie so viel Wesens davon machen, ob das Ding lebt oder nicht. Das Tier befindet sich ja in derselben Luft wie wir und bleibt einfach deshalb am Leben, weil es der Giftwirkung nicht ausgesetzt war. Wäre es draußen geblieben, so wäre es eben so tot wie alle anderen tierischen Geschöpfe."

„Ihre Bemerkungen, mein lieber Summerlee", sagte Challenger mit dem Ausdrucke ungeheurer Überlegenheit (könnte ich nur dieses selbstbewußte, hochmütige, von dem Reflektor des Mikroskops grell beleuchtete Antlitz malen!) „Ihre Bemerkungen beweisen, daß Sie die Lage nicht richtig erfassen. Dieses Exemplar wurde gestern präpariert und hermetisch abgeschlossen. Daher hat unser Sauerstoff dazu keinen Zutritt. Der Äther ist ebenso hinzu gedrungen wie an jede andere Stelle des Weltalls. Daher hat das Tier dem Gift offenbar widerstanden. Daraus können wir weiter folgern, daß jede andere Amöbe außerhalb dieses Zimmers nicht gestorben ist, wie Sie irrtümlich vermutet haben, sondern die Katastrophe überlebt hat."

„Nun gut, auch jetzt bin ich noch nicht in der Laune, deshalb hipp hipp hurra zu schreien", sagte Lord John. „Was für einen Wert hat diese Tatsache denn für uns?"

„Sie beweist eben, daß die Welt nicht tot ist, wie wir angenommen hatten, sondern daß in ihr weiter tierisches Leben besteht. Wenn Sie wissenschaftliche Einbildungskraft besitzen würden, könnten Sie, von dieser einen Tatsache ausgehend, sich die Welt nach einigen Millionen Jahren vorstellen – ein flüchtiger Augenblick nur im ungeheuren Strome der Zeiten –, und dann würden Sie die Welt abermals von tierischem und menschlichem Leben erfüllt sehen, welches dieser winzigen Wurzel hier seinen Ursprung verdankt. Sie haben schon einen Prairiebrand mit angesehen, bei welchem die Flammen jede Spur von Gras und Pflanzen von der Erdoberfläche vertilgt und nur eine rauchgeschwärzte Wüste übriggelassen hatten. Man hätte nun glauben können, daß es in alle Ewigkeit so bleiben würde – aber die Wurzeln des Wachstums waren zurückgeblieben, und wenn Sie nach wenigen Jahren dieselbe Stelle wieder aufsuchen würden, könnten Sie nirgends mehr Spuren des Brandes erkennen. Dieses winzige Geschöpf hier birgt die Wurzel für das Wachstum allen animalischen Lebens in sich, und infolge der stets fortschreitenden Entwicklung und Umwandlung wird in einem gewissen Zeitraume jegliche Spur dieser Weltkatastrophe verschwunden sein."

„Riesig interessant", sagte Lord John, der sich über den Tisch lehnte und durch das Mikroskop blickte. „Ein drolliger kleiner Kerl. Nummer Eins der künftigen menschlichen Ahnen-Galerie. Hat einen schönen, großen Hemdknopf am Leib!"

„Der dunkle Gegenstand ist sein Zellkern", sagte Challenger in der Art und Weise einer Kinderfrau, die ihrem Pflegebefohlenen das ABC beibringen will.

„Sehr gut, da braucht uns ja gar nicht bange zu sein", meinte lachend Lord John. „Es lebt außer uns ja noch jemand auf dieser Erde."

„Sie scheinen also als sicher anzunehmen, Challenger," sagte Summerlee, „daß die Welt ausschließlich zu dem Zwecke erschaffen wurde, menschliches Leben zu erzeugen und zu erhalten."

„Gewiß, Herr, zu welchem Zwecke denn sonst?" fragte Challenger, den schon die Möglichkeit eines Widerspruches reizte.

„Manchmal neige ich zu der Ansicht, daß allein die ungeheure Anmaßung der Menschen sie denken läßt, daß dieses unermeßliche Weltall nur als Bühne erschaffen worden ist, damit sie darauf herumstolzieren können."

„Darüber lassen sich keine Theorien aufstellen, doch können wir auch ohne jene ungeheure Anmaßung, die Sie uns zum Vorwurfe machen, ruhigen Gewissens sagen, daß wir das höchstentwickelte Geschöpf in der ganzen Natur sind."

„Das höchste uns bekannte Wesen."

„Das ist selbstverständlich, Herr!"

„Gedenken Sie all der Millionen und vielleicht auch Billionen Jahre, während welcher die Erde unbewohnt durch den Weltenraum kreiste – oder, wenn auch nicht gänzlich unbewohnt, so doch ohne die leiseste Spur eines Menschengeschlechtes – ohne den Gedanken daran. Bedenken Sie, vom Regen überschüttet, von der Sonne ausgedörrt und von Stürmen umtost – all die ungezählten Epochen hindurch. Nach geologischer Zeitrechnung ist der Mensch sozusagen erst gestern in Erscheinung getreten. Warum sollte dann als erwiesen angenommen werden, daß all diese gigantischen Vorbereitungen ausschließlich zu seinem Nutzen getroffen wurden?"

„Für wen denn sonst, wofür denn sonst?"

Summerlee zuckte mit den Achseln: „Was läßt sich da sagen? Aus irgend einem Grunde weit jenseits unseres Begriffsvermögens. Vielleicht ist der Mensch auch nur so eine Art Nebenprodukt, das vielleicht durch bloßen Zufall in diesem Prozeß mitentstanden ist. Es ist genau so, wie wenn der Schaum auf der Oberfläche des Meeres sich einbilden wollte, daß der Ozean allein dem Zwecke dienen soll, ihn hervorzubringen und zu erhalten, oder wenn eine Maus in einer Kathedrale glauben wollte, das Gebäude sei ausschließlich als Wohnort für sie hergestellt."

Ich habe bisher diese Auseinandersetzung wörtlich festgehalten, doch artet sie nunmehr in ein lärmendes Wortgefecht aus, mit vielsilbigen wissenschaftlichen Fachausdrücken beiderseits. Gewiß ist es eine Auszeichnung, wenn man Gelegenheit hat, zwei so hervorragende Geister die höchsten Fragen erörtern zu hören; herrscht aber fortwährend ein Gegensatz der Meinungen vor, so können einfache Menschen wie Lord John und ich daraus keinerlei positiven Gewinn ziehen. Jeder widerlegt, was der andere gesagt hat, und wir wissen zum Schlusse erst recht nichts. Nun hat der Wortwechsel geendet; Summerlee kauert in seinem Sessel und Challenger, der noch immer an seinem Mikroskope fingert, gibt unausgesetzt ein tiefes, volles, unartikuliertes Grollen von sich, wie das Meer nach dem Sturm. Lord John kommt zu mir herüber, und wir beide blicken in die Nacht hinaus.

Am Himmel steht ein blasser Mond – der letzte Mond, auf den Menschenaugen blicken – und die Sterne erstrahlen in schimmerndem Glanze. Selbst in der reinen Luft der südamerikanischen Ebene habe ich keinen helleren Sternenglanz bewundern können. Es ist möglich, daß die Veränderung des Äthers einen Einfluß auf das Licht ausübt. In Brighton glüht der tödliche Scheiterhaufen weiter und am westlichen Himmel sieht man in großer Entfernung einen scharlachroten Fleck, welcher darauf schließen läßt, daß über Arundel oder Chichester, vielleicht auch über Portsmouth, Unheil hereingebrochen ist. Ich sitze da, grüble vor mich bin und mache hie und da Anmerkungen. Eine milde Melancholie liegt in der Luft. Soll denn alles zu Ende sein – Jugend, Schönheit, Mut und Liebe? Die sternenerleuchtete Erde gleicht einem Traumreich voll sanften Friedens. Wer könnte glauben, daß diese Erde das furchtbarste Golgatha ist, bestreut mit den Trümmern des toten Menschengeschlechtes? Plötzlich höre ich mich lachen.

„Hallo, mein Junge, was ist denn geschehen?" fragte erstaunt Lord John. „Ein wenig Frohsinn würde uns ganz wohl tun. Was gibt es denn?"

„Ich habe an all die wichtigen Fragen denken müssen", antwortete ich, „an deren Lösung wir so viel Geist und Mühe gewendet haben. Denken Sie an den englisch-deutschen Wettbewerb zum Beispiel oder an den persischen Golf, für den mein alter Chef sich so sehr interessiert hat. Wer hätte wohl geahnt, daß die schließliche Lösung in dieser Art erfolgen würde, während wir so viel Mühe und Ärger daran wandten."

Wieder verfallen wir in tiefes Schweigen. Ich glaube, jeder von uns denkt an die Lieben, die uns im Tode vorausgegangen sind. Frau Challenger weint still vor sich hin, und ihr Gatte flüstert ihr Worte des Trostes zu. Ich denke an Menschen, an welche ich all die Zeit her nie gedacht habe und sehe im Geiste jeden von ihnen weiß und steif vor mir liegen, wie im Hofe den armen Austin. Da ist zum Beispiel Mac Ardle. Ich weiß genau, wo er liegt, das Gesicht auf dem Schreibtisch, die Hand an der Hörmuschel, so wie ich ihn fallen gehört habe. Auch Bearmont, der Redakteur – gewiß liegt er auf dem rot-blauen türkischen Teppich, welcher sein Allerheiligstes schmückt. Und die Kollegen im Reporterzimmer – Macdonna und Murray und Bond. Sie sind sicher in voller Tätigkeit gestorben, in den Händen die Notizbücher voll von lebendigen Eindrücken und seltsamen Begebenheiten. Ich stelle mir vor, wie man den einen zu den Ärzten im Medizinischen Institut, den andern nach Westminster und den dritten zu St. Paul's geschickt haben wird. Ihre letzte herrliche Vision war wohl eine prachtvolle Reihe fabelhafter Überschriften, die jedoch niemals ihre Auferstehung in Druckerschwärze feiern würden. Ich sehe Macdonna vor mir bei den Medizinern. – *„Hoffnung in Harley Street".* – Mac hatte immer eine große Vorliebe für Alliterationen gehabt. – „Interview mit Mr. Soley Wilson. – Der berühmte Spezialist sagt: ‚Nur nicht verzweifeln!' Unser Spezialberichterstatter fand den berühmten Gelehrten auf dem Dachboden seines Hauses, wohin er sich geflüchtet hatte, um dem Ansturm seiner geängstigten Klienten zu entgehen, die seine Wohnung gestürmt hatten. In einer Art und Weise, aus der deutlich hervorging, daß er sich des Ernstes der Lage vollkommen bewußt war, weigerte sich der berühmte Arzt, zuzugeben, daß er die Situation für absolut hoffnungslos halte." – So würde Mac begonnen haben. Dann kam Bond; sicher würde er

St.Paul's machen. Er war nicht wenig stolz auf seine schriftstellerische Größe. Weiß Gott, das Thema wäre geeignet für ihn gewesen! „Als ich auf der kleinen Galerie unter dem Dome stand und hinabblickte auf die dichten Massen verzweifelnder Menschen, welche in diesem letzten Augenblicke vor einer Macht, deren Vorhandensein sie bisher so hartnäckig abgeleugnet, im Staube krochen, stieg aus dieser Menge zu meinen lauschenden Ohren ein so tiefes Seufzen, flehend, grauenerfüllt, empor – ein so schauriger Hilferuf vor dem Unbekannten, daß – –" und so weiter.

Ja, es war ein glorreicher Abgang für einen Berichterstatter, obwohl jeder von ihnen, ebenso wie ich, angesichts ungenützter Schätze sterben mußte. Was hätte zum Beispiel Bond, der arme Bursche, darum gegeben, wenn er zum Schlusse einer solchen Spalte sein „J. H. B." gedruckt hätte sehen können!

Was für Unsinn schreibe ich da nieder! Es ist wohl nur die Sucht, die ermüdende Langeweile nicht aufkommen zu lassen. Frau Challenger hat sich in das innere Ankleidezimmer zurückgezogen und schläft fest, wie der Professor berichtet. Er sitzt am Mitteltisch, macht sich Notizen oder schlägt in Büchern nach, als ob noch Jahre friedlicher Arbeit vor ihm lägen. Er schreibt mit einer kreischenden Feder und scheint durch dieses laute Kreischen allen jenen seine Verachtung auszudrücken, welche nicht seiner Meinung sind.

Summerlee ist in seinem Sessel eingenickt und schnarcht von Zeit zu Zeit in geradezu aufreizender

Art. Lord John liegt zurückgelehnt da, die Hände in die Taschen vergraben und die Augen geschlossen. Wie Menschen unter solchen Verhältnissen überhaupt einschlafen können, ist mir rätselhaft.

Drei Uhr dreißig Morgen. Eben bin ich aus dem Schlafe aufgeschreckt. Es war fünf Minuten nach Elf, als ich meine letzte Eintragung machte. Ich erinnere mich daran, da ich um diese Zeit meine Uhr aufzog und mir die Stunde einprägte. So habe ich von der kurzen Spanne Zeit, die uns noch geblieben ist, fünf Stunden vergeudet. Ich hätte es nicht für möglich gehalten. Aber ich fühle mich viel frischer und in mein Geschick ergeben – oder will mir einreden, daß ich es bin. Und doch, je lebenstüchtiger ein Mensch ist und je mehr er sich dem Zenithe seines Lebens nähert, umsomehr muß er den Tod fürchten. Wie weise und mitleidig ist die Vorkehrung der Natur, daß sie den Lebensanker unmerkbar durch viele kleine Erschütterungen nach und nach lockert, bis das Bewußtsein so aus dem schwankenden irdischen Hafen in die offene See getrieben ist. Frau Challenger liegt noch im Ankleidezimmer. Challenger ist in einem Sessel eingeschlafen. Welcher Anblick! Sein ungeheurer Körper ist zurückgelehnt, die mächtigen, haarigen Hände hat er auf dem Magen verschränkt, und den Kopf hält er derart zurückgebogen, daß ich oberhalb seines Kragens nur eine Stachelwildnis von dichtem, verwirrtem

Bart erblicken kann. Er schnarcht, daß es ihn schüttelt, und Summerlee stimmt hie und da in hohem Tenor zu Challengers tiefem Baß ein. Auch Lord John ist eingeschlafen, seine lange Gestalt ruht seitwärts zusammengekrümmt in einem Korbsessel. Das erste kalte Licht der frühen Morgendämmerung stiehlt sich eben in das Zimmer. Hier und draußen ist alles grau und traurig. Ich sehe nach dem Aufgang der Sonne – diesem schrecklichen Sonnenaufgang, der eine ausgestorbene Welt mit seinen Strahlen erfüllen wird. Das Menschengeschlecht ist verschwunden, an einem einzigen Tage ausgestorben, die Planeten aber kreisen weiter, und die Gezeiten steigen und fallen, der Wind flüstert, und die Natur geht ihren Gang wie sonst bis zur Amöbe herab, und bald wird jede Spur dafür verschwunden sein, daß jene, die sich Herren der Schöpfung genannt, jemals auf Erden geweilt. Unten im Hofe liegt Austin mit gespreizten Gliedern, sein Gesicht schimmert in der Dämmerung weiß herauf und der Spritzschlauch ruht noch immer in seiner erkalteten Hand. Das Wesen der ganzen Rasse ist gekennzeichnet in dieser stillen Gestalt des Mannes, welcher in halb ergreifender, halb lächerlicher Stellung neben der Maschine liegt, die er zu beherrschen pflegte.

Hier enden die Aufzeichnungen, die ich damals gemacht habe. Von diesem Zeitpunkte an haben sich die Ereignisse mit derartiger Schnelligkeit abgespielt und waren derart eindrucksvoll, daß ich sie nicht notieren könnte; aber sie stehen mit solcher Klarheit in meinem Gedächtnis, daß mir nicht das kleinste Detail davon entfallen kann.

Ein würgendes Gefühl im Halse veranlaßte mich, nach den Sauerstoffbehältern zu sehen und das, was ich sah, war erschreckend. Kurze Zeit noch – dann war die Sanduhr unseres Lebens abgelaufen. Während der Nacht hatte Challenger den Schlauch vom dritten zum vierten Behälter verlegt, und auch dieser war wohl schon verbraucht. Ein qualvolles Gefühl der Beklemmung hielt mich umfaßt. Ich ging hinüber, schraubte den Schlauch los und verband ihn mit der Mündung des letzten Behälters. Während ich dies tat, fühlte ich Gewissensbisse, denn ich dachte daran, daß alle im Schlafe schmerzlos hinübergegangen wären, wenn ich mich beherrscht hätte. Der Gedanke verflog im nächsten Augenblick, als ich Frau Challenger aus dem inneren Raume rufen hörte: „George, George, ich ersticke!"

„Es ist schon alles in Ordnung, Frau Challenger", antwortete ich, während die andern aufsprangen, „ich habe soeben einen frischen Behälter geöffnet."

Selbst in diesem Augenblicke konnte ich mich nicht enthalten, über Challenger zu lachen, der, sich mit den großen, haarigen Fäusten den Schlaf aus den Augen reibend, wie ein ungeheures Riesenbaby aussah, das eben jäh aus dem Schlaf geweckt wurde. Summerlee schauerte wie ein Mensch, der im

Fieber liegt; die Todesfurcht siegte für kurze Zeit über den Stoizismus des Gelehrten, als er sich seine Lage vergegenwärtigte. Lord John dagegen war so kühl und elastisch, als hätte man ihn zu einem Jagdausflug geweckt.

„Der fünfte und letzte", sagte er, nach dem Schlauch am Zylinder blickend. „Sagen Sie, junger Freund, Sie haben doch nicht etwa die Eindrücke dieser Nacht auf das Papier da auf Ihren Knien niedergeschrieben?"

„Nur einige kurze Aufzeichnungen, um die Zeit auszufüllen."

„Nun, so etwas kann auch nur ein Irländer fertig bringen. Ich glaube nur, Sie werden warten müssen, bis Brüderchen Amöbe herangewachsen ist, bis Sie einen Leser finden werden. Er scheint vorläufig noch nicht das genügende Interesse für die Angelegenheit zu haben. Nun, Herr Professor, wie steht es mit unseren Aussichten?"

Challenger betrachtete die mächtigen Nebelschwaden, welche über der Gegend lagerten. Hier und dort erhoben sich die waldbedeckten Hügel gleich kegelförmigen Inseln aus dem Wolkenmeer.

„Wie ein Totenhemd sieht es aus", sagte Frau Challenger, welche im Hauskleide in das Zimmer trat. „Das erinnert mich an Dein Lied, George: ‚Läutet aus das Alte, läutet ein das Neue!' Das war prophetisch. Aber liebe, arme Freunde, Sie zittern ja. Ich lag die ganze Nacht hindurch warm unter meiner Decke und Sie haben in Ihren Sesseln gefroren. Aber es wird gleich besser werden."

Die tapfere kleine Frau eilte hinaus, und bald hörten wir einen Kessel summen. In wenigen Minuten brachte sie auf einem Tablett fünf Tassen mit dampfendem Kakao.

„Trinken Sie", sagte sie, „und gleich werden Sie sich wohler fühlen."

Wir tranken. Summerlee bat um die Erlaubnis, seine Pfeife rauchen zu dürfen und wir griffen zu den Zigaretten. Ich dachte, das Rauchen würde unsere Nerven beruhigen; aber wir hatten einen Fehler begangen, denn die Luft in dem abgeschlossenen Raum wurde unerträglich drückend. Challenger mußte die Luftklappe öffnen.

„Wie lange noch?" fragte Lord John.

„Möglicherweise noch drei Stunden", antwortete jener mit einem Achselzucken.

„Ich hatte vorher Angst", sagte seine Gattin, „aber je näher der Zeitpunkt heranrückt, umso leichter zu ertragen scheint es mir nun. Glaubst Du nicht, George, daß wir beten sollen?"

„Bete, mein Kind, wenn dies Dein Wunsch ist", erwiderte Challenger sehr sanft. „Du weißt, daß jeder seine eigene Art zu beten hat. Die meine besteht in einer vollkommenen Ergebung in alles, was auch immer das Schicksal über mich sendet – in einer heiteren Ergebenheit. Die höchste Frömmigkeit und die höchste Wissenschaft scheinen hierin in gleicher Weise zu gipfeln."

„Ich kann meinen geistigen Zustand wahrhaftig nicht als Ergebenheit bezeichnen, am allerwenigsten als heitere Ergebenheit", grollte Summerlee, an seiner Pfeife saugend. „Ich füge mich darein, weil mir kein anderer Weg bleibt. Aber ich muß offen gestehen, daß ich gerne noch ein Jahr gelebt hätte, um meine Klassifikation der Kalkfossilien zu beenden."

„Ihre unvollendete Arbeit ist von geringster Wichtigkeit", sagte Challenger großartig, „wenn man bedenkt, daß mein eigenes magnum opus, ‚Die Lebensleiter', kaum richtig begonnen ist. Mein Denkvermögen, alles das, was ich bisher gelesen habe, meine Experimente und Erfahrungen – tatsächlich meine ganz einzeln dastehende Veranlagung sollte in diesem Buch zusammengefaßt werden. Es wäre unbedingt ein epochemachendes Werk geworden. Und dennoch, sage ich, habe ich mich mit Ergebung darein gefunden."

„Ich vermute, daß wir alle etwas Unvollendetes zurücklassen mußten", sagte Lord John. „Wie steht es denn mit Ihnen, junger Mann?"

„Ich arbeitete gerade an einem Band von Gedichten", erwiderte ich.

„Wenigstens bleibt die Welt davon verschont", meinte der Lord. „Jedes Ding hat seine guten Seiten, man muß sie nur zu finden wissen."

„Und Sie?" fragte ich.

„Zufällig hatte ich gerade gepackt und war reisefertig, weil ich Merivale versprochen hatte, im Frühjahr mit ihm auf die Schneeleopardenjagd nach Tibet zu geben. Aber Sie, Frau Challenger, trifft es doch gewiß hart, da sie gerade erst dieses hübsche Heim aufgebaut haben?"

„Mein Heim ist dort, wo George ist, aber ich würde viel darum geben, wenn ich mit ihm einen letzten gemeinsamen Spaziergang in der klaren Morgenluft auf diesen herrlichen Downs machen könnte."

Ihre Worte fanden in unserem Herzen ein Echo. Die Sonne war inzwischen durch die Nebelwolken gedrungen, die bisher wie Schleier vor ihr gelegen hatten und das ganze weite Tal lag vor unseren Augen ausgebreitet im goldenen Sonnenlicht gebadet. Uns, die wir in dieser düsteren und vergifteten Atmosphäre schmachteten, erschien diese reine, sonnige, leicht vom Wind bewegte Landschaft traumhaft schön. Frau Challenger streckte voll Sehnsucht darnach die Hand aus. Wir zogen die Sessel heran und setzten uns in einem Halbkreis an das Fenster. Die Luft war schon außergewöhnlich stickig geworden. Es schien, als ob bereits die Todesschatten an uns heranschlichen, an uns, die Letzten des Menschengeschlechtes. Es war wie ein unsichtbarer Vorhang, der von allen Seiten um uns herabglitt.

„Dieser Zylinder reicht nur kurze Zeit", sagte Lord John, nach Luft schnappend.

„Die in den Zylindern enthaltene Menge ist nicht immer gleich", sagte Challenger. „Sie hängt von dem Druck bei der Füllung und der Art des Verschlusses ab. Ich bin Ihrer Meinung, daß dieser Ballon irgendwie schadhaft war."

„So werden wir um die letzten Stunden unseres Lebens betrogen", bemerkte Summerlee bitter. „Ein bezeichnender Abschluß für dieses niederträchtige Zeitalter, in dem wir gerade leben. Nun, Challenger, bietet sich Ihnen eine günstige Gelegenheit, die subjektiven Erscheinungen der physischen Zersetzung zu beobachten".

„Setze Dich auf jenen Schemel zu meinen Füßen und gib mir die Hand", sagte Challenger zu seiner Frau. „Ich glaube, meine Freunde, daß ein weiteres Verweilen in dieser unerträglichen Luft kaum wünschenswert ist. Wünschst Du es etwa, meine Liebe?"

Seine Frau seufzte und legte ihr Antlitz an seine Knie.

„Ich habe im tiefen Winter Menschen in der Serpentine baden sehen", erzählte Lord John. „Als die Leute im Wasser waren, beneideten die frierend am Ufer Zurückgebliebenen die Schwimmer, welche den Sprung in die Fluten gewagt hatten. Am ärgsten ist es für den Letzten. Ich wäre dafür, mit einem Kopfsprung die Sache zu erledigen."

„Sie würden also das Fenster öffnen und dem Äther entgegenkommen?"

„Lieber an Vergiftung sterben als ersticken!"

Summerlee nickte in schweigender Zustimmung und streckte Challenger seine magere Hand entgegen.

„Wenn wir uns auch oft gestritten haben, so ist das nun auch alles vorbei", sagte er. „Wir waren dabei doch immer gute Freunde und haben innerlich für einander stets die größte Hochachtung empfunden. Leben Sie wohl!"

„Leben Sie wohl, mein Junge", sagte Lord John. – „Das Fenster ist verklebt und Sie können es nicht aufmachen".

Challenger bückte sich, hob seine Frau auf und drückte sie an seine Brust, während sie die Arme um seinen Hals schlang.

„Reichen Sie mir das Fernrohr, Malone", sagte er ernst. Ich erfüllte seinen Wunsch.

„Wir befehlen unsere Seelen jener Macht, die sie uns einstens gegeben hat", rief er mit starker, weithin hallender Stimme. Mit diesen Worten schleuderte er den Feldstecher durch die Scheiben. Bevor noch das letzte Klirren der herabfallenden Glassplitter verklungen war, strömte reine frische Luft um unsere erhitzten Gesichter in starkem und unendlich süßem Hauch. – – – – – – – – – – – – –

Ich weiß nicht, wie lange wir starr vor Staunen dasaßen. Dann, wie im Traume, hörte ich Challengers Stimme.

„Wir sind wieder in die gewohnten Verhältnisse zurückgekehrt", rief er aus. „Die Welt ist dem Giftstrom entronnen, aber wir sind die einzig Überlebenden des ganzen Menschengeschlechtes!"

V. Die tote Welt.

Ich erinnere mich noch, daß wir, gierig nach Luft schnappend, in unseren Sesseln saßen und in vollen Atemzügen den belebenden Südwestwind einsogen, der frisch von der See her zu uns wehte, so daß die Musselinvorhänge am Fenster sich blähten und unsere glühenden Wangen gekühlt wurden. Ich weiß gar nicht, wie lange wir so totenstill gesessen sind. Wir haben uns späterhin nie über diese Zeitdauer einigen können. Wir waren völlig benommen, betäubt, nicht bei klarem Bewußtsein. Unseren ganzen Mut hatten wir zusammengenommen, um dem Tod entgegen zu treten, – aber diese furchtbare neue Tatsache, daß wir gezwungen waren, weiter zu leben, nachdem wir alle unsere Zeitgenossen überlebt hatten, diese Erkenntnis empfanden wir wie einen kräftigen Schlag, der uns niederwarf und uns erschlaffen ließ. Dann begann der stillgelegte Mechanismus sich langsam wieder zu bewegen, die Denkkraft kehrte zurück und die Gedanken ordneten sich von neuem zu innerem Zusammenhang. Mit scharfer erbarmungsloser Klarheit erkannten wir die Beziehungen zwischen Vergangenheit, Gegenwart und Zukunft, dem Leben, das wir bis jetzt geführt hatten und jenem, das uns für die Zukunft bevorstand. In stummem Entsetzen blickten wir einander an, und jeder las in des andern Augen dieselbe fürchterliche Frage. Anstatt der zu erwartenden Freude, die Menschen fühlen sollten, welche so knapp dem sicheren Tode entgangen waren, bemächtigte sich unser die traurigste Niedergeschlagenheit. Alles, was wir auf Erden geliebt hatten, war in dem großen, unbekannten und unermeßlichen Ozean fortgespült worden, und wir waren zurückgeblieben auf dieser öden Insel, ohne Gefährten und ohne jede Hoffnung. Noch wenige Jahre, in denen wir gleich Schakalen um die Gräber unserer dahingegangenen Zeitgenossen schleichen würden, und dann würde auch unser eigenes, verspätetes, einsames Ende nahen.

„Es ist schrecklich, George, schrecklich!" rief die Frau, bitter weinend. „Wären wir doch lieber mit den anderen zugleich hinübergegangen. Ach, wozu hast Du unser Leben erhalten; ich habe die Empfindung, als wären wir allein gestorben und alle anderen lebten!"

Challengers dichte Augenbrauen zogen sich in angestrengtem Nachdenken zusammen, während er seine ungeheure, haarige Tatze über die ihm entgegengestreckte Hand seiner Frau schloß. Ich hatte bereits früher beobachtet, daß sie, so oft sie voll Kummer war, die Arme nach ihm ausstreckte, so wie es die Kinder der Mutter gegenüber tun, wenn sie etwas bedrückt.

„Obwohl ich nicht in solchem Maße Fatalist bin, um mich ohne Widerstand in alles zu fügen", bemerkte er, „habe ich die Erfahrung gemacht, daß die höchste Weisheit stets darin liegt, sich in die von der Gegenwart gegebenen Verhältnisse zu fügen." Er sprach langsam und in seiner vollklingenden Stimme lag tiefes Gefühl.

„Ich stimme nicht mit Ihnen überein", sagte Summerlee bestimmt.

„Ich glaube nicht, daß Ihre Zustimmung oder Ablehnung hier von nur geringstem Einfluß für die Lage ist", meinte Lord John. „Sie müssen sich wohl auf jeden Fall, ob mit Widerstand oder freiwillig darein fügen. Was hat also Ihre persönliche Ansicht für einen Einfluß auf die Angelegenheit? Ich kann mich nicht erinnern, daß uns jemand am Anfang dieser Affäre gefragt hätte, ob wir mit der Gestaltung der Dinge einverstanden seien, und es ist auch nicht anzunehmen, daß man uns jetzt fragen wird, ob es uns so recht ist. Was kann es nun für einen Unterschied ausmachen, wie wir darüber denken?"

„Das ist jener Unterschied zwischen glücklich und unglücklich sein", sagte Challenger mit abwesendem Blick, während er immer noch die Hand seiner Frau liebevoll streichelte. „Sie können mit dem Strom schwimmen und Frieden im Herzen und in der Seele finden, Sie können sich aber auch der Strömung entgegenstemmen und dabei zaghaft und müde werden. Es liegt also nur an uns; daher wollen wir die Sache nehmen wie sie ist und nichts mehr darüber sprechen."

„Aber was, um Gotteswillen, sollen wir mit unserem Leben beginnen?" fragte ich und starrte verzweifelt in den trüben, leeren Himmel. „Was soll ich zum Beispiel anfangen? Zeitungen gibt es keine, und womit soll ich mich sonst beschäftigen, was mit der vielen freien Zeit beginnen?"

„Mein Beruf ist ebenfalls zu Ende, da es keine Studenten und keine Kollegien mehr gibt!" rief Summerlee.

"Ich aber danke Gott, daß ich meinen Mann und mein Haus habe, so kann es mir nicht an einem Lebenszweck fehlen!" meinte Frau Challenger.

„Auch mir nicht", bemerkte Challenger, „wissenschaftliche Arbeiten gibt es in Hülle und Fülle, und die Katastrophe selbst wird uns eine Menge hochinteressanter Probleme zur Untersuchung bieten."

Er hatte das Fenster geöffnet, und wir blickten in die schweigende, uferlose Landschaft hinaus.

„Laßt mich nachdenken", setzte er fort. „Es war gestern 3 Uhr nachmittag, oder etwas später, als die Erde in den Giftstrom des Äthers soweit eingedrungen war, daß sie vollständig überflutet wurde. Jetzt ist es 9 Uhr. Es fragt sich nun, zu welcher Stunde wir die Zone verlassen haben könnten."

„Zu Tagesanbruch war die Luft ganz besonders schlecht," sagte ich.

"Ganz richtig", bestätigte Frau Challenger. „Ungefähr um 8 Uhr habe ich ganz deutlich am Hals dasselbe Würgen gefühlt wie gestern zu Beginn der Katastrophe."

„Wir wollen also annehmen, daß wir die Grenze um 8 Uhr wieder überschritten haben. 17 ganze Stunden ist die Erde mit giftigem Äther durchtränkt worden. Diese Zeit hat der große Gärtner dazu benötigt, um das Weltall von den menschlichen Schimmelpilzen zu reinigen, die sich auf der Oberfläche seiner Früchte breit gemacht haben. Ist es nun nicht denkbar, daß das Werk nicht zur Gänze getan wurde und daß Andere gleich uns am Leben geblieben sind?"

„Auch ich denke darüber nach", sagte Lord John, „warum sollten gerade wir die einzigen Kieselsteine sein, die am Strande liegen geblieben sind?"

„Die Annahme, daß außer uns noch irgend jemand die Sache überlebt haben könnte, ist absolut absurd", entgegnete Summerlee mit großer Bestimmtheit. „Bedenken Sie nur, wie bösartig das Gift gewirkt hat, daß ein Mensch wie Malone, stark wie ein Büffel und ohne die Spur von Nerven, kaum im Stande war, die Treppe herauf zu kommen und schließlich ohnmächtig zusammengebrochen ist. Es ist also nicht wahrscheinlich, daß es jemand nur 17 Minuten lang, geschweige denn so viele Stunden aushalten konnte."

„Wenn aber nun jemand die Katastrophe vorhergesehen und seine Vorbereitungen getroffen haben sollte wie unser alter Freund Challenger?"

„Das ist höchst unwahrscheinlich", sagte Challenger, strich seinen Bart nach vorne und blinzelte. „Das Zusammentreffen von Beobachtungsgabe, zwingender Logik und außerordentlicher Einbildungskraft, die mich befähigt hatte, die Gefahr vorauszusehen, ist eine so seltene Fügung, daß sie schwerlich zweifach in der selben Generation zu erwarten sein dürfte."

„Sie schließen also daraus, daß außer uns alles tot ist?"

„Diesbezüglich kann beinahe kein Zweifel bestehen, allerdings müssen wir uns daran erinnern, daß das Gift von unten nach oben wirkte und daher in den höheren Regionen weniger heftig aufgetreten ist Diese Erscheinung ist eine gewiß merkwürdige Tatsache. Sie wird uns in Zukunft ein außerordentlich anziehendes Feld für Forschungen bieten. Wollen wir also doch noch nach Überlebenden suchen, hätten wir am ehesten Aussicht auf Erfolg in einem tibetanischen Dorf oder einer Hütte auf dem Gipfel der Alpen, da diese viele tausend Fuß über dem Meeresspiegel liegen."

„Mit Rücksicht darauf, daß es weder Eisenbahnen noch Schiffe mehr gibt, würde uns dies schließlich genau so viel helfen, wie wenn die Überlebenden im Monde wären", sagte Lord John. „Aber darüber wenigstens möchte ich Gewißheit haben, ob tatsächlich schon die Gefahr völlig vorbei ist, oder ob wir etwa erst einen Teil hinter uns haben."

Summerlee verdrehte seinen Hals, um den ganzen Horizont zu überblicken. „Die Luft scheint klarer und milder zu sein", bemerkte er mit zweifelnder Stimme. „Allerdings war es gestern ebenso und ich bin keineswegs davon überzeugt, daß nunmehr alles vorüber ist."

Challenger zuckte die Achseln. „Ich muß abermals auf den Fatalismus zurückkommen. Hat sich ein solches Ereignis bereits einmal im Weltall abgespielt, was nicht ausgeschlossen ist, war es gewiß vor sehr langer Zeit, und daher können wir wohl auch zuversichtlich hoffen, daß es sehr lange dauern wird, bis sich derartiges wiederholt."

„Das alles wäre ganz gut und schön", sagte Lord John, „doch lehrt die Erfahrung, daß einem ersten Erdbebenstoß sogleich der zweite zu folgen pflegt. Ich glaube, daß es sich empfehlen würde, ein wenig Bewegung zu machen und einige Atemzüge frischer Luft zu schnappen, so lange wir die Möglichkeit dazu haben. Da unser Sauerstoff zu Ende ist, kann es uns gleichgültig sein, ob wir draußen oder drinnen überrascht werden."

Seltsam war die vollkommene Lethargie, welche nun als Reaktion nach der fieberhaften Aufregung und Anspannung der letzten vierundzwanzig Stunden über uns gekommen war. Diese Erschöpfung hatte sich des Körpers wie des Geistes völlig bemächtigt und erfüllte uns mit dem festeingewurzelten Gefühl, daß alles gleichgültig sei und nur Überdruß und unnötige Anstrengung bedeute. Selbst Challenger war davon befallen. Er saß auf seinem Platze, den mächtigen Kopf in beide Hände gestützt, in tiefes Nachdenken versunken, bis Lord John und ich ihn bei je einem Arme ergriffen, ihn fast mit Gewalt auf die Füße stellten, wofür wir nur den bösen Blick und das unwillige Knurren eines gereizten, bissigen Bullenbeißers ernteten. Als wir jedoch aus unserem engen Zufluchtshafen in die weite, freie Natur hinaustraten, kehrte unsere gewohnte Spannkraft langsam zurück.

Was aber sollten wir auf diesem Menschheits-Friedhof beginnen? Waren jemals seit Weltenbeginn Menschen vor solchen Fragen gestanden? Es war allerdings richtig, daß uns die Möglichkeit gegeben war, unsere täglichen Bedürfnisse, selbst die luxuriösesten, in weitgehendem Maße zu befriedigen. Alle Vorräte an Lebensmitteln, alle gefüllten Weinlager, alle Kunstschätze standen uns zu Gebote. Wir hatten nur die Hand danach auszustrecken. Was aber sollten wir mit unserer *Zeit* beginnen? Einige Aufgaben waren sogleich zu erfüllen, sie warteten bereits auf uns. Wir stiegen also in die Küche hinab und legten die beiden Dienstboten in die für sie bestimmten Betten. Sie schienen ganz schmerzlos gestorben zu sein; die eine saß in ihrem Sessel am Feuer, die andere lag vor der Abwaschstelle für Geschirr. Dann holten wir den armen Austin aus dem Hofe herein. Seine Muskeln waren hart wie ein Brett. Er lag in einer höchst sonderbaren Totenstarre und die Zusammenziehung der Muskelfasern seiner Lippen hatte diese zu einem scheußlich spöttischen Grinsen verzerrt. Diese Anzeichen fanden sich bei allen, die an der Wirkung des Giftes gestorben waren. Wohin wir auch kamen, überall sahen wir diese grinsenden Gesichter, die unserer schrecklichen Lage zu spotten schienen und schweigend in grimmigem Hohnlächeln auf die unglücklichen Überlebenden ihres Geschlechtes hinstarrten.

„Seht her", sagte Lord John, der rastlos im Speisezimmer hin- und herschritt, während wir etwas Nahrung nahmen, „ich weiß nicht, wie Euch andern zu Mute ist, ich aber halte es einfach nicht aus, hier stillzusitzen und nichts zu tun."

„Vielleicht", antwortete Challenger, „würden Sie die besondere Liebenswürdigkeit haben, uns zu sagen, was wir eigentlich tun sollten."

„Uns einen Ruck geben und nachsehen, was alles geschehen ist."

„Genau dasselbe wollte ich eben vorschlagen."

„Aber nicht hier. Was in dem kleinen Dorf vorgegangen ist, können wir ja von diesem Fenster aus sehen."

„Wohin denn sollen wir gehen?"

„Nach London."

„Ihr habt leicht reden", murrte Summerlee. „Ihr könnt wohl eine Fußwanderung von vierzig Meilen aushalten, ob aber Challenger mit seinen dicken, kurzen Beinen sich eine derartige Leistung zumuten kann, ist eine andere Frage. Ich könnte nur für mich gutstehen."

Challenger ärgerte sich sehr.

„Wenn Sie lernen würden, Herr, Ihre Bemerkungen auf Ihre eigenen körperlichen Eigentümlichkeiten zu beschränken, würden Sie sehen, daß sich Ihnen hier ein genügend großes Beobachtungsfeld und ein ganz außerordentlich reicher Gesprächsstoff bieten würde."

„Ich hatte gar nicht die Absicht, Sie zu kränken, mein lieber Challenger", rief unser taktloser Gefährte. „Niemand kann für seinen Körperbau zur Verantwortung gezogen werden. Wenn die Natur Sie mit einem dicken, kurzen Körper geschaffen hat, können Sie begreiflicherweise doch auch nur kurze, dicke Beine haben!"

Challenger war derart wütend, daß er kein Wort hervorbrachte. Er konnte nur knurren, blinzeln, und seine Haare sträubten sich. Lord John legte sich rasch ins Mittel, bevor der Streit ausarten konnte.

„Ihr sprecht von einer Fußwanderung", sagte er. „Warum müssen wir denn gehen?"

„Wollen Sie vielleicht mit der Eisenbahn fahren?" fragte Challenger, in dem es immer noch kochte.

„Und was ist mit dem Auto? Warum sollten wir das nicht benützen können?"

„Ich habe darin keine Erfahrung", sagte Challenger und zupfte nachdenklich seinen Bart. „Sie haben aber vollkommen recht, Lord John, wenn Sie annehmen, daß ein geistig hochstehender Mensch sich jeder Aufgabe gewachsen zeigen muß. Ihr Einfall ist geradezu ausgezeichnet. Ich selbst werde Euch alle nach London fahren."

„Das werden Sie gefälligst bleiben lassen", sagte Summerlee energisch.

„Nein, George, das geht wirklich nicht", rief seine Frau. „Erinnere Dich nur, wie Du es einmal versucht und dabei die halbe Garage demoliert hast."

„Das war eben bloß ein momentanes Versagen", erklärte mit Seelenruhe Challenger. „Sie können die Frage als erledigt betrachten, ich selbst werde Euch alle nach London fahren."

Lord John rettete die Lage.

„Was für ein Wagen ist es denn eigentlich?" fragte er.

„Ein zwanzigpferdiger Humber."

„Einen solchen habe ich ja Jahre hindurch selbst gefahren", rief er lebhaft. „Bei Gott", fügte er hinzu, „ich hätte nie gedacht, daß ich jemals die ganze vorhandene Menschheit in einen Wagen aufladen würde. Er faßt gerade fünf Personen, wie ich mich erinnere. Bereitet Euch für die Fahrt vor – ich werde um zehn Uhr vor der Haustüre halten."

Pünktlich zur bezeichneten Stunde fuhr der schnurrende und fauchende Wagen vor, von Lord John gelenkt. Ich setzte mich neben ihn und Frau Challenger wurde im Wageninnern als nützlicher kleiner Pufferstaat zwischen die beiden feindlichen Mächte gezwängt. Lord John löste die Bremse, schob den Fahrhebel schnell zum ersten in den dritten, und wir sausten davon, auf die seltsamste Reise, welche seit Menschengedenken unternommen worden ist.

Man muß sich die wundervolle Lieblichkeit der Natur an diesem herrlichen Augustvormittag vorstellen, die kühle, reine Morgenluft, den goldenen Glanz des Sommersonnnenscheins, den unbewölkten Himmel, das saftige Grün der berühmten Sussexer Wälder und dazu den prachtvollen Gegensatz, welchen die im tiefsten Rot blühende Heidelandschaft bot. Wenn der Blick all die vielfarbige Schönheit rings umher erfaßte, hätten alle Gedanken an die Möglichkeit einer Katastrophe ent-

schwinden müssen, wäre nicht ein nur zu deutlicher
Beweis dagewesen: das tödliche, feierliche, alles
umfassende Schweigen. Es gibt ein gewisses leises,
lebendiges Summen, das jede bevölkerte Gegend
erfüllt – und das so tief und gleichbleibend ist, daß
es das gewohnte Ohr nicht mehr vernimmt, ebenso
wie der Küstenbewohner alle Empfindung für das
ewige Raunen der Wellen verliert. Das Gezwitscher
der Vögel, das Summen der Insekten, der Klang
entfernter Stimmen, das Brüllen der Rinder, das
Bellen der Hofhunde, das Rollen der Eisenbahnzü-
ge, das Rasseln der Wagen auf der Fahrstraße – all
dies bildet ein tiefes, ununterbrochenes Tönen, welches den Ohren, die es vernehmen, nicht mehr zum
Bewußtsein kommt. Nun vermißten wir dieses Geräusch. Die Totenstille wirkte beängstigend. So feierlich wirkte sie, so eindrucksvoll, daß wir das Sur-
ren und Zischen unseres Wagens als eine nicht zu
rechtfertigende Störung ansahen, als eine ungehöri-
ge Entweihung dieser ehrwürdigen Ruhe, welche
sich gleich einem ungeheuren Leichentuche über
die Ruinen der Menschheit gelegt hatte. Dieses
starre Todesschweigen im Verein mit den Rauch-
wolken, welche hier und dort aus den eingeäscher-
ten Gebäuden zum Himmel aufstiegen, dämpfte
wie ein Eishauch unsere warme Empfindung für die
Pracht der Landschaft.

Und dann diese Toten! Im Anfang erfüllten uns
die unzähligen Gruppen verkrampfter und grinsen-
der Totengesichter mit stets erneutem Grauen. Der
Eindruck hievon war so tief und bleibend, daß ich

alles nochmals durchzuleben glaube, die langsame Talfahrt, vorbei an dem Kindermädchen mit ihren Pflegebefohlenen, dem alten, zwischen der Wagendeichsel knieenden Gaul, dem Kutscher, welcher verrenkt auf dem Bocke sitzt, und dem jungen Mann im Wageninnern, welcher die Türe gepackt hält, um aus dem Wagen zu springen. Tiefer unten dann die wirre Gruppe von sechs Feldarbeitern, die Glieder im wüsten Durcheinander, die toten, gebrochenen Augen zum Himmel aufgeschlagen. Alle diese Bilder sehe ich vor mir, wie auf einer Photographie. Aber dank der wohltätigen Natur stumpften sich unsere gemarterten Nerven bald ab. Der ungeheure Umfang des Verderbens ließ keine Anteilnahme an einem Einzelfall aufkommen. Die Individuen flossen zu Gruppen, die Gruppen zu Massen zusammen, und letztere formten sich zu einer allgemeinen Erscheinung, welche man als unvermeidliche Zugabe zur Landschaft in den Kauf nehmen mußte. Nur hie und da, wenn sich eine besonders tragische oder groteske Szene ergab, kam das Begreifen und Verstehen der ganzen Lage wieder über uns. Vor allem ergriff uns das Los der Kinder und erfüllte uns mit einem unwiderstehlichen Gefühl einer unerträglichen Ungerechtigkeit. Wir hätten weinen mögen. Frau Challenger vergoß tatsächlich bittere Tränen, als wir an der großen Grafschaftsschule vorüberfuhren und die langen Reihen kleiner Gestalten erblickten, die auf der Straße zur Schule verstreut umherlagen. Sie waren von den entsetzten Lehrern entlassen worden und wollten gerade nach Hause eilen, als sie von dem todbringenden Gifte ereilt wurden. Viele Leute lagen in den offenen Fenstern ihrer Häuser. In Tunbridge gab es beinahe kein Fenster, in dem nicht ein starr lächelndes Totengesicht zu sehen war. Im letzten Augenblick hatte das Gefühl der Beklemmung, das Verlangen nach Sauerstoff, das zu befriedigen wir allein in der Lage gewesen waren, sie zu den offenen Fenstern getrieben. Auch die Fußsteige waren mit Männern und Frauen übersät, welche ohne Kopfbedeckung und so, wie sie gerade waren, aus ihren Häusern hinausgestürmt waren. Manche von ihnen waren auf dem Fahrdamm niedergestürzt. Ein wahres Glück, daß Lord John ein so geschickter Wagenlenker war, denn es bedeutete eine keineswegs leichte Aufgabe, sich den Weg zu bahnen. Wir konnten die Dörfer und Städte nur in ganz langsamem Tempo durchfahren, und ich erinnere mich noch, daß wir einmal, vor der Schule von Tunbridge, so lange halten mußten, bis wir die zahlreichen Körper, die uns den Weg versperrten, auf die Seite getragen hatten. Einige ganz besonders charakteristische Bilder aus dem langestreckten Panorama des Todes auf den Straßen von Sussex und Kent haben sich mir außerordentlich lebhaft eingeprägt. Eines davon war ein großes, glänzendes Automobil, welches vor einem Gasthof von Southborough stand. Darin befanden sich, wie ich annehmen konnte, einige Vergnügungsreisende auf dem Rückwege von Brighton oder Eastbourne. Es waren drei elegant gekleidete Frauen, alle drei jung und schön. Eine von ihnen hatte einen kleinen chinesischen Hund auf ihrem Schoße. In ihrer Gesellschaft befand sich ein verlebt aussehender älterer Mann und ein junger Aristokrat, welcher das Einglas noch im Auge und die bis auf einen Stummel herabgebrannte Zigarette noch zwischen den Fingern seiner behandschuhten Hand hielt. Der Tod war augenblicklich über sie gekommen und hatte sie in ihren natürlichen Stellungen festgehalten. Mit Ausnahme des älteren Mannes, welcher im letzten Augenblicke der Beklemmung seinen Kragen heruntergerissen hatte, um freier atmen zu können, glichen sie gänzlich Schlafenden. An der einen Seite des Wagens neben dem Trittbrett saß zusammengekauert ein Kellner, in der Hand ein Tablett mit einigen zerbrochenen Gläsern. Auf der andern Seite lagen zwei zerlumpte Landstreicher, ein Mann und eine Frau; der Mann den langen, mageren Arm noch ausgestreckt, wie er um Almosen gebettelt hatte. Ein einziger kurzer Augenblick hatte alle Standesunterschiede ausgeglichen und aus dem Aristokraten, dem Landstreicher und dem Hund die gleiche leblose Masse sich zersetzender Protoplasmen gemacht.

Eines anderen merkwürdigen Bildes erinnere ich mich noch, das sich unseren Blicken einige Meilen von Sevenoaks, gegen London zu, bot. Linker Hand liegt ein stattliches Kloster, an einer langen, grasbewachsenen Böschung. Bei Eintritt der Katastrophe hatte sich auf dieser Böschung eine große Anzahl von Schulkindern zum Gebet versammelt, und alle waren so in knieender Stellung vom Tode ereilt worden. Vor ihnen lag eine ganze Reihe Nonnen und etwas höher oben, ihnen zugewandt, eine einzelne Frauengestalt, welche wir für die Mutter Oberin hielten. Im Gegensatze zu den Vergnügungsreisenden schienen sie das herannahende Ende vorausgeahnt zu haben und hatten sich versammelt, um schön und würdig zu sterben. Lehrerinnen und Schülerinnen hatten sich zum letzten gemeinsamen Unterricht eingefunden.

Mein Geist ist noch immer betäubt von dem Schrecklichen, das uns unterwegs begegnete, und vergebens suche ich nach Worten, um unsere Empfindungen und Gefühle auch nur annähernd zu schildern. Es wird am besten sein, wenn ich mich damit begnüge, zu berichten, was wir gesehen. Sogar Summerlee und Challenger waren ganz gebrochen, und der Lord und ich vernahmen nichts von unseren Reisegefährten hinter uns im Wagen, als manchesmal ein leises Aufschluchzen der Frau. Lord John war viel zu sehr mit dem Lenken des Wagens und der schwierigen Aufgabe beschäftigt, uns ungefährdet durch all die Hindernisse zu bringen, als daß er Zeit und Lust zur Konversation gehabt hätte. Nur eine Redensart sagte er fortwährend vor sich hin, die in ihrer steten Wiederholung geradezu nervenmordend wirkte, über die ich aber schließlich doch lachen mußte, da sie sein Urteil über diesen jüngsten Tag enthielt:

„Schöne Wirtschaft, was?!"

Das blieb sein Ausruf bei jedem neuen Bilde des Grauens und der Zerstörung. „Schöne Wirtschaft, was?!" hatte er schon gerufen, als wir den Hügel von Rotherfield hinabfuhren, und das war sein Ruf, als wir unseren Weg durch die Todeswüste in der High Street in Lewisham und der Old Kent Road nahmen.

An dieser Stelle wurde unseren Nerven ein heftiger Stoß versetzt. Aus einem Fenster eines einfachen Eckhauses sahen wir ein weißes Taschentuch flattern, welches von einem langen, hageren menschlichen Arm geschwenkt wurde. Nie noch hatte der unvorhergesehene Anblick des Todes unsere Herzen derart stillstehen und gleich darauf umso wilder schlagen lassen, als hier dieses wunderbare Zeichen von Leben. Lord John ließ den Wagen halten, und im nächsten Augenblicke eilten wir durch das offene Haustor die Treppen hinauf in das Gassenzimmer im zweiten Stock, woher das Tuch geweht hatte.

In einem Sessel am offenen Fenster saß eine sehr alte Frau, und nahe bei ihr, quer auf einem zweiten Sessel, lag ein Sauerstoffzylinder, etwas kleiner, aber von derselben Beschaffenheit, wie die, denen wir unser Leben verdankten. Sie wendete uns ihr mageres, abgezehrtes, bebrilltes Gesicht zu, als wir zur Tür hineinstürmten.

„Ich habe schon gefürchtet, daß ich für immer allein bleiben werde", sagte sie. „Ich bin krank und kann mich nicht rühren."

„Ein glücklicher Zufall hat uns hergeführt", antwortete Challenger.

„Ich habe eine ungeheuer wichtige Frage an Sie zu richten", sagte sie. „Bitte, meine Herren, antworten Sie mir ganz aufrichtig. Welchen Einfluß werden diese Ereignisse auf London und die Aktien der North-Western-Railway haben?"

Hätte sie nicht mit so tragischem Ernst gesprochen, würden wir wahrscheinlich laut herausgelacht haben. Frau Burston, dies war ihr Name, war eine bejahrte Witwe, welche ihr ganzes Einkommen aus einem kleinen Besitz obiger Papiere bezog. Ihre ganze Lebensführung hing davon ab, ob die Dividende dieses Unternehmens stieg oder fiel, und sie konnte sich eine Existenz, welche nicht im Zusammenhange mit dem Werte ihrer Anteilscheine war, einfach nicht vorstellen. Vergebens suchten wir ihr begreiflich zu machen, daß sie soviel Geld nehmen konnte, als sie brauchen würde, und daß das genommene Geld gar keinen Wert für sie haben würde. Ihr abgenütztes Begriffsvermögen konnte sich der veränderten Sachlage nicht anpassen und sie weinte bitterlich um ihr verlorenes Vermögen.

„Das war mein ganzer Besitz", jammerte sie, „nun, da ich ihn verloren habe, wäre es am besten, wenn ich sterben könnte!"

Bei all ihrem Wehklagen war es uns doch möglich zu erfahren, wie diese schwächliche alte Pflanze erhalten geblieben war, während der ganze große Wald zugrunde ging. Sie war krank und asthmatisch, und um ihre Atembeschwerden zu lindern, hatte der Arzt ihr Sauerstoff verordnet. In der Zeit, da die Katastrophe hereinbrach, befand sich der

Sauerstoffbehälter in ihrem Zimmer. Naturgemäß hatte sie davon eingeatmet, wie sie dies stets in Fällen von Atemnot zu tun pflegte. Das hatte ihr Erleichterung verschafft, und während sie nach und nach ihren Vorrat verbrauchte, konnte sie die kritische Nacht überleben. Schließlich war sie unruhig eingeschlafen und erst durch das Geräusch unseres Automobils aufgeweckt worden. Da es ausgeschlossen war, sie mitzunehmen, versorgten wir sie mit allem Nötigen und versprachen ihr, uns in einigen Tagen mit ihr in Verbindung zu setzen. Wir gingen, während sie immer noch bitterlich über den Verlust ihrer Aktien weinte.

Als wir uns der Themse näherten, wurde es schwieriger vorzudringen, da die Hindernisse auf den Straßen sich mehrten. Mit großer Mühe gelangten wir bis London Bridge. Die Zugänge von der Middlesexerseite her waren von einem Ende zum andern mit allerlei Verkehrshindernissen verstopft, so daß es unmöglich war, in dieser Richtung weiter zu gelangen. In einer der Werften in der Nähe der Brücke stand ein Schiff in hellen Flammen, und die Luft war von umherfliegendem Ruß und einem scharfen Brandgeruch erfüllt. Über der Gegend des Parlaments lagerte eine dichte Rauchwolke, wir konnten aber von der Stelle aus, an welcher wir uns befanden, nicht erkennen, was eigentlich brannte.

„Ich weiß nicht, wie es Euch vorkommt, aber mir erscheint das Land nicht so furchtbar wie London", bemerkte Lord John, während er den Wagen zum Stillstande brachte. „Das gestorbene London fällt mir auf die Nerven. Ich bin dafür, daß wir eine Rundfahrt machen und dann nach Rotherfield zurückkehren."

„Ich begreife nicht, was wir hier eigentlich suchen", sagte Professor Summerlee.

„Andererseits aber," sagte Challenger, dessen sonore Stimme in der fürchterlichen Stille eigentümlich widerhallte, „ist es schwerlich anzunehmen und wahrscheinlich, daß von sieben Millionen Menschen in dem großen London nur eine alte Frau übriggeblieben sein soll, die durch den Zufall ihres Leidens und des Hilfsmittels dafür als Einzige die Katastrophe überlebt hat."

„Selbst wenn noch andere gerettet wären, wie können wir hoffen, sie zu finden, George?" meinte seine Frau. „Doch bin ich darin ganz Deiner Meinung, daß wir London nicht eher verlassen dürfen, ehe wir alles Mögliche versucht haben."

Wir ließen den Wagen am Rande des Fahrdammes stehen, gingen unter Überwindung zahlreicher Hindernisse über den menschenbesäten Bürgersteig die King William Street entlang und traten schließlich durch eine offene Tür in das Gebäude einer großen Versicherungsgesellschaft ein. Es war dies ein Eckhaus, welches wir als günstig gelegenen Beobachtungsposten gewählt hatten, da es Ausblick nach allen Richtungen bot. Nachdem wir in das obere Stockwerk gelangt waren, betraten wir einen Raum, in welchem jedenfalls gerade eine Konferenz stattgefunden hatte, denn acht ältere Herren saßen hier um einen langen Tisch in der Mitte des

Zimmers. Das hohe Fenster war geöffnet, und wir alle traten auf den Balkon hinaus. Von hier aus überblickten wir die überfüllten Straßen der City, nach allen Richtungen ausstrahlend. Dicht unter uns war die Straße in ihrer ganzen Breite schwarz von den Dächern der regungslos dastehenden Autos. Fast alle standen in der Richtung der Stadtperipherie, was darauf schließen ließ, daß die geängstigten Männer der City nur das Bestreben gehabt hatten, unverzüglich zu ihren Familien in den Vorstädten oder auf dem Lande zu eilen. Stellenweise sah man unter den bescheidenen Cabs das prunkvolle, messingbeschlagene Auto irgend eines Geldmagnaten hilflos eingekeilt in dem eingedämmten Strom des gelähmten Straßenverkehrs. Gerade unter uns stand ein solcher Wagen von besonderer Größe und kostbarer Ausstattung, dessen Insasse, ein dicker alter Mann sich herausbeugte, seinen plumpen Körper zur Hälfte durch das Fenster gepreßt, die Hand mit den kurzen, von Brillantringen glitzernden Fingern ausgestreckt, als ob er seinen Chauffeur angetrieben hätte, um jeden Preis das Gedränge zu durchbrechen. Ein Dutzend Automobilomnibusse ragten empor wie Inseln aus der Brandung. Die Fahrgäste lagen auf den Dächern kreuz und quer durcheinander wie verstreutes Kinderspielzeug. An dem breiten Pfahl einer Bogenlampe, inmitten der Straße, lehnte ein stämmiger Schutzmann in so natürlicher Stellung, den Rücken an den Mast gestützt, daß es schwer war zu glauben, daß er nicht mehr lebte. Zu seinen Füßen lag ein zerlumpter Zeitungsjunge und ein Paket Zeitungen auf der Erde neben ihm. Ein Zeitungswagen war hier stecken geblieben und wir lasen in großen Buchstaben, schwarzgelb: „Szene bei Lords. Das große Match wird unterbrochen."

Das schien die erste Ausgabe zu sein, denn andere Plakate: trugen die Aufschriften: „Ist es das Ende? Eines großen Gelehrten Warnung." Eine andere Überschrift lautete: „Hat Challenger recht? Beunruhigende Nachrichten."

Challenger zeigte das letzte Plakat, welches bannergleich über die Menge hinausragte, seiner Frau. Ich konnte sehen, wie er sich bei dessen Durchlesen in die Brust warf und den Bart strich. Es gefiel ihm und schmeichelte seinem vielseitigen Geist, daß London in der Todesstunde noch seines Namens und seiner Prophezeiung gedacht hatte. So offen trug er seine Gedanken zur Schau, daß er damit die ironische Kritik seines Kollegen hervorrief.

„Bis zum letzten Augenblick im Glanz der Rampenlichter, Challenger", bemerkte er.

„Es scheint so", antwortete dieser selbstgefällig. „Nun", meinte er und blickte die ausstrahlenden Straßen entlang, welche alle im Banne des Todesschweigens standen, ich sehe wirklich nicht ein, zu welchem Zwecke wir noch länger hier in London bleiben sollen. Ich schlage vor, daß wir so bald als möglich nach Rotherfield zurückkehren und dort beraten, wie wir die vor uns liegenden Jahre möglichst nutzbringend verbringen wollen."

Nur noch eine Szene von all dem, was wir in der

toten Stadt gesehen, will ich schildern. Wir wollten einen Blick in die alte Marienkirche werfen, welche in der Nähe der Stelle lag, an der unser Automobil uns erwartete. Wir schoben die ausgestreckten Körper beiseite, welche auf den Stufen ruhten, öffneten die Tür und traten ein. Der Anblick war überwältigend. Die Kirche war überfüllt mit Betenden in allen erdenklichen Stellungen der Andacht und Selbsterniedrigung. Im letzten Augenblick des Grauens, als sie sich plötzlich den Wirklichkeiten des Lebens gegenübergestellt sahen, diesen furchtbaren Wirklichkeiten, die immer über uns hängen, während wir bloß ihren Schatten nachlaufen, waren die entsetzten Menschen in diese alte Kirche der City gestürmt, in der seit Menschenaltern kein Gottesdienst mehr abgehalten worden war. Da knieten sie nun, so dicht beisammen wie nur möglich; manche hatten in der Aufregung vergessen, den Hut abzunehmen, während von der Kanzel herab ein junger Laienbruder zu ihnen gesprochen zu haben schien, als er und sie von ihrem Los ereilt wurden. Er lag nun wie Punch in seiner Bude, mit Kopf und Armen schlaff über die Kanzel herabhängend. Es war wie ein Albdruck; die altersgraue, staubige Kirche, die vielen Reihen verzerrter Toter, die schweigende Dämmerung, welche über dem Ganzen schwebte. Wir schlichen flüsternd auf den Zehenspitzen umher.

Plötzlich hatte ich einen Einfall. In der Ecke der Kirche, nahe der Türe, stand der alte Taufbrunnen, und dahinter befand sich eine tiefe Nische, in welcher die Seile der Glocken herabhingen. Was hinderte uns, die Glocken zu läuten und all denen, die in London dem großen Sterben entgangen sein mochten, eine Lebensbotschaft zu senden? Es würde Jeden, der noch am Leben war, gewiß zu uns heranziehen. Ich lief schnell hinüber, und während ich versuchte, an dem Seil zu ziehen, war ich erstaunt zu sehen, daß das Läuten einer Glocke solch eine schwierige Sache war. Lord John war mir gefolgt.

„Bei Gott, mein Junge, Sie sind da auf eine großartige Idee gekommen", rief er und warf seinen Rock ab. „Geben Sie her da, zu zweit werden wir sie bald bewegen."

Aber trotzdem wollte es nicht gehen, und erst, als Challenger und Summerlee ihre Anstrengungen mit den unseren vereinigten und sich gleichfalls an das Seil hingen, hörten wir über unseren Köpfen das metallische Klingen und Dröhnen, welches uns verriet, daß der große Klöppel mit seiner Musik begann. Weit über das tote London hin verkündete die Glocke die Botschaft von treuer Kameradschaft und Hoffnung für alle überlebenden Mitmenschen. Wir selbst fühlten durch den tiefen, metallischen Glockenruf unsere Herzen erhoben und widmeten uns mit zunehmender Hingabe der Arbeit. Jedesmal wenn das Seil nach aufwärts gezogen wurde, riß es uns zwei Fuß hoch mit, doch zogen wir mit vereinten Kräften, bis es niederging. Challenger, am tiefsten unten, verwendete seine ganze große Körperkraft auf diese Arbeit, auf- und niederspringend wie ein ungeheurer Ochsenfrosch und bei jedem Zuge heftig krächzend. Es ist nur schade, daß kein Maler anwesend war, welcher diesen Anblick festgehalten hätte, wir vier Abenteurer, welche schon so viele seltsame Erlebnisse hinter sich hatten und denen nun auch dieses einzigartige vorbehalten war.

Wir arbeiteten eine halbe Stunde fort, bis uns der Schweiß über unsere Gesichter herabrann und Arme und Rücken von der heftigen ungewohnten Anstrengung schmerzten. Dann begaben wir uns unter das Kirchenportal und blickten eifrig die stillen Straßen auf und ab. Nicht ein Laut, nicht eine Bewegung sagte uns, daß jemand das Glockenläuten, unseren Ruf vernommen.

„Es hilft nichts, niemand ist zurückgeblieben!" rief ich verzweifelt.

„Mehr können wir nicht tun", sagte Frau Challenger. „Um Gotteswillen, George, fahren wir nach Rotherfield zurück. Noch eine Stunde in dieser ausgestorbenen, furchtbaren Stadt würde mich zum Wahnsinn treiben."

Wortlos bestiegen wir den Wagen. Lord John wendete und wir fuhren in südlicher Richtung davon. Das Schlußkapitel schien für uns beendigt. Wir ahnten nicht, daß ein wunderbarer neuer Abschnitt unser wartete.

VI. Auferstehung.

Und nun komme ich zu diesem letzten Abschnitt der außerordentlichen Begebenheit, welche von so weittragender Bedeutung nicht bloß für die Existenz des Einzelindividuums, sondern im Allgemeinen für die Geschichte der Menschheit war. Wie ich es zu Beginn meines Berichtes gesagt habe, ragt das Ereignis über alles bisher Dagewesene empor, wie der Bergriese über die bescheidenen Hügel an seinem Fuße. Unsere Generation war dazu auserkoren, dieses wunderbare, einzigartige Schicksal zu erleben und die Erfahrungen daraus zu ziehen. Wie lange die Wirkung andauern wird, wie lange das Menschengeschlecht die Demut und Ergebenheit, welche sie unter dem Einflusse des großen Erlebnisses gelernt, sich bewahren wird, dies kann nur die Zukunft zeigen. Es ist aber wohl anzunehmen, daß es auf Erden niemals wieder so sein wird, wie es früher war. Niemand kann voll und ganz ermessen, wie unwissend und machtlos wir sind und daß wir stets unter dem Schutze einer unsichtbaren Hand ruhen. Wir empfinden dies erst in dem Augenblicke, da diese Hand sich über uns zu schließen und uns zu zermalmen droht. Damals schwebte der Tod unmittelbar über uns.

Jetzt wissen wir, daß er jeden Augenblick wieder da sein kann. Wohl verdüstert dieser dunkle Schatten unser Sein, aber es läßt sich nicht leugnen, daß eben unter diesem Schatten das Gefühl für Pflicht und ernste Verantwortung, die richtige Beurteilung für Sinn und Ziel des Lebens, das wahre Bestreben nach Höherentwicklung und Veredlung in uns geweckt und so mächtig geworden ist, daß unsere ganze menschliche Gesellschaft in ein Stadium der Reife gelangt zu sein scheint. Es ist dies etwas, das über allen Sekten und Dogmen steht – eine Veränderung der Perspektive, eine Verschiebung unseres Gefühls für die wahren Werte, die stets lebendige Erkenntnis der Tatsache, daß wir bedeutungslose und gebrechliche Geschöpfe sind und dem ersten kalten Hauch einer unbekannten Macht erliegen können.

Wenn aber die Welt durch diese Erkenntnis ernster geworden ist, so ist sie darum doch nicht zu einem Orte der Trauer geworden. Gewiß sind wir uns darüber klar, daß die ernsteren und edleren Vergnügungen der Gegenwart tiefer und weiser sind, als das unsinnige Hasten und Jagen einer früheren Zeit nach dem, was damals als Vergnügen betrachtet wurde – einer Zeit, die so kurz erst entschwunden und uns doch so unendlich fern und unwirklich zu sein scheint. Das einst so leere Leben, angefüllt mit zwecklosem Besuchen und Besuchtwerden, mit dem qualvollen Führen großer und schwerfälliger

Haushaltungen, mit der Anordnung und dem Verzehren luxuriöser und langweiliger Gastmähler, verfließt nun friedlich und heiter bei der Lektüre anregender Bücher, bei Musik und in harmonischem Familienleben, wozu eine gesunde und einfache Zeiteinteilung beiträgt. Mit gesteigertem Wohlbefinden und größerer Lebensfreude sind sie reicher als zuvor, trotz höherer Beiträge für das Gemeinvermögen, die den Lebensstandard auf diesen Inseln so sehr gesteigert haben.

Die Meinungen über den genauen Zeitpunkt des großen Erwachens sind einigermaßen verschieden. Im allgemeinen wird angenommen, daß – abgesehen von der geographischen Verschiedenheit der Uhren – der Grad der Giftwirkung durch lokale Einflüsse mitbestimmt wurde. Sicher ist, daß in jedem Distrikt für sich die Auferstehung zu gleicher Zeit vor sich ging. Viele Zeugen geben an, daß die Uhr von Big Ben gerade auf sechs Uhr zehn Minuten wies. Der Vorstand der königlichen Sternwarte hat für Greenwich sechs Uhr zwölf festgestellt. Laird Johnson hat sechs Uhr zwanzig notiert. In den Hebriden soll es sieben Uhr gewesen sein. In unserem eigenen Fall kann keinerlei Zweifel obwalten, denn ich saß in jenem Augenblick mit Challengers sorgfältig erprobtem Chronometer vor mir in seinem Arbeitszimmer. Es war ein Viertel nach sechs Uhr.

Ich war seelisch außerordentlich niedergedrückt. Die Gesamtwirkung all der schrecklichen Bilder, die wir unterwegs erblickt hatten, lag schwer auf

meinem Gemüt. Bei meiner überströmenden körperlichen Gesundheit und Lebensenergie war mir
eine derartige Depression etwas sonst Fremdes. Als
echter Irländer sah ich gewöhnlich noch in der dü-
stersten Situation irgend einen Lichtschimmer. Momentan aber schien mir die Lage voll von zermal-
mender, trostloser Dunkelheit erfüllt. Die anderen
befanden sich in den unteren Räumen und schmie-
deten Zukunftspläne. Ich saß am offenen Fenster,
hatte das Kinn in die Hand gestützt und dachte über
unseren jammervollen Zustand nach. Würden wir
überhaupt weiterleben können? Diese Frage be-
schäftigte mich vor allem. War es denn möglich,
auf einer toten Erde weiterzuleben? Müßten wir
nicht – so wie nach den physikalischen Gesetzen
der kleinere Körper von dem größeren angezogen
wird– die unwiderstehliche Anziehungskraft seitens
der ungeheuren Masse fühlen, die in das unbekannte Reich hinübergegangen war? Welcher Art würde
das Ende sein? Würde das Gift nochmals über uns
kommen? Würde die Erde durch allgemeinen Zer-
fall ihrer Produkte als Folge des nun eintretenden,
riesigen Verwesungsprozesses unbewohnbar werden? Oder würde vielleicht das Entsetzen und die
Trostlosigkeit der Lage unser geistiges Gleichgewicht zerstören? Eine Schar Irrsinniger in einer toten Welt! Gerade grübelte ich über diesen letzten
Gedanken, als ich durch ein leises Geräusch veran-
laßt wurde, auf die Straße hinabzublicken. – – –
Das alte Droschkenpferd kam den Hügel herauf!!
Gleichzeitig vernahm ich Vogelgezwitscher, ich

hörte, wie jemand unten im Hofe hustete und ward mir bewußt, daß die Gegend vor mir sich zu bewegen begann. Ich erinnere mich, daß vor allen andern Dingen dieser absurde, abgediente, ausgemergelte Droschkengaul meinen erstarrten Blick auf sich zog. Langsam und keuchend erstieg er die Anhöhe. Dann fiel mein Blick auf den Kutscher, welcher in gekrümmter Haltung auf dem Bocke saß und schließlich auf den jungen Mann, der sich aufgeregt aus dem Fenster beugte und dem Kutscher eine Anweisung zu geben schien. Alle waren unzweifelhaft und verblüffend lebendig.

Alles erwachte wieder zum Leben! War denn alles nur eine Sinnestäuschung gewesen? War es faßbar, daß dieses ganze Giftäther-Erlebnis nur ein ausführlicher Traum gewesen war? Einen Augenblick war mein überraschtes Gehirn nahe daran, dies zu glauben. Da blickte ich zufällig auf meine Hand hinab, an der sich eine Blase zu bilden begann, entstanden durch die Reibung des Seils bei dem Glockenläuten in der Marienkirche. Es war also alles Wirklichkeit gewesen. Und nun war die Welt wieder auferstanden, das Leben kehrte in einem Augenblick mit ganzer Kraft auf unseren Planeten zurück. Während meine Augen die Umgebung musterten, sah ich überall Bewegung, und zu meiner Verwunderung nahm jeder seine Tätigkeit dort wieder auf, wo er darin unterbrochen worden war. So zum Beispiel die Golfspieler. War es denkbar, daß sie ruhig ihr Spiel fortsetzten? Ja, da trieb ein junger Mann den Ball vom Ziel weg, und dort die Gruppe auf dem Rasen wollte sicherlich einlochen. Die Feldarbeiter begaben sich langsam wieder an ihre Arbeit. Das Kindermädchen versetzte einem der Kinder einen Klaps und begann den Kinderwagen bergauf zu schieben. Unbewußt nahm jeder den Faden dort auf, wo er ihn hatte fallen lassen. Ich lief die Treppen hinab, doch die Türe der Hall stand offen, und ich hörte die Stimmen meiner Gefährten vom Hofe her, wie sie sich vor Überraschung und Freude gar nicht recht fassen konnten. Wie wir uns die Hände schüttelten und lachten, als wir zusammenkamen! Frau Challenger küßte uns in ihrer Herzensfreude der Reihe nach ab, bis sie sich zuletzt in die bärenstarke Umarmung ihres Gatten begab.

„Aber sie können doch nicht geschlafen haben!" rief Lord John. „Hol's der Teufel, Challenger, Sie werden mir doch nicht einreden wollen, daß alle diese Leute mit ihren starren, offenen Augen und steifen Gliedern und dem scheußlichen Todesgrinsen im Gesicht geschlafen haben sollen!"

„Es kann nur der Zustand gewesen sein, den man Katalepsie oder Starrkrampf nennt", sagte Challenger. „Er ist in vergangenen Zeiten hie und da aufgetreten und stets für den Tod gehalten worden. Während seiner Dauer sinkt die Körperwärme, die Atmung setzt aus, die Herztätigkeit wird ganz unmerklich kurz, es ist der Tod, nur, daß er nach einiger Zeit wieder entschwindet. Selbst der weitumfassendste Geist" – dabei schlug er die Augen nieder und lächelte geziert – „hätte einen derartigen

142

allgemeinen Ausbruch dieser Krankheit kaum ahnen können."

„Sie können den Zustand als Katalepsie bezeichnen", bemerkte Summerlee, „aber das ist nur ein Name, und wir wissen ebenso wenig von dessen Eigenheit wie von dem Gifte, das diesen Zustand verschuldet hat. Alles, was wir positiv sagen können, ist, daß der vergiftete Äther einen zeitweiligen Tod verursacht hat."

Austin saß zusammengekauert auf dem Trittbrett des Wagens. Ihn hatte ich vorher husten gehört. Einige Zeit hatte er schweigend seinen Kopf gehalten, jetzt begann er etwas vor sich hinzumurmeln, während er den Wagen genau betrachtete.

„Verfluchter junger Dummkopf!" brummte er, „kann die Finger nicht davon lassen!"

„Was ist los, Austin?"

„Jemand hat sich mit dem Wagen zu schaffen gemacht. Schmierbuchsen offen, Herr." Denke, es war der Gärtnerjunge."

Lord John sah schuldbewußt drein.

„Weiß nicht recht, was mir fehlt", sagte Austin und erhob sich schwankend. „Glaube, daß mir sonderbar zu Mute wurde, wie ich den Wagen abspritzte, weiß noch, daß ich auf das Trittbrett gefallen bin, kann aber schwören, daß ich die Buchsen nicht offen gelassen habe."

Der verwunderte Austin erhielt einen gedrängten Bericht über die Ereignisse der letzten Stunden. Auch das Geheimnis der offenen Schmierbuchsen wurde ihm erklärt. Er hörte mißtrauisch zu, als wir ihm sagten, daß ein Amateur seinen Wagen gelenkt hatte, und interessierte sich sehr für alles, was wir über unseren Ausflug in die tote Stadt berichteten. Ich erinnere mich seiner Bemerkungen am Schlusse unseres Berichtes:

„Auch bei der Bank von England gewesen, Herr?"

„Ja, Austin."

„Mit all den Millionen darin und jedermann in Schlaf gesunken?"

„Jawohl."

„Und ich nicht dabei!" stöhnte er und wandte sich enttäuscht wieder dem Abwaschen des Wagens zu.

Plötzlich hörten wir Räderknirschen auf dem Kies. Die alte Droschke hielt tatsächlich vor Challengers Tor. Ich sah den jungen Fahrgast aussteigen. Einen Augenblick später brachte das Hausmädchen, verwirrt und zerzaust, als wäre sie aus dem tiefsten Schlafe erweckt worden, auf einem Tablett eine Karte. Challenger schnaubte wütend, als er die Karte las, und jedes seiner schwarzen Haare schien sich zu sträuben.

„Ein Journalist", knurrte er. Dann mit geringschätzigem Lächeln: „Immerhin ist es nur natürlich, daß die ganze Welt sich beeilt, zu erfahren, wie ich über dieses Ereignis denke."

„Das kann schwerlich der Grund seines Kommens sein", sagte Summerlee, „denn er befand sich ja schon auf diesem Hügel, als die Krise eintrat".

Ich las den Namen, der auf der Karte stand:

James Baxter
London Korrespondent
New York Monitor.

„Wollen Sie ihn empfangen?" fragte ich.

„Ich gewiß nicht"

„O George, Du solltest doch gegen andere ein wenig freundlicher und rücksichtsvoller sein. Hast Du denn gar keine Lehre aus dem gezogen, was wir mitmachten?"

Er beruhigte sie und schüttelte seinen großen, eigensinnigen Kopf.

"Ein giftiges Gezücht! Eh, Malone? Das ärgste Unkraut moderner Zivilisation, das willige Werkzeug der Quacksalber und das Hindernis für jeden Mann, der sich selbst achtet. Wann haben sie je ein gutes Wort für mich gehabt?"

„Wann hatten denn Sie ein gutes Wort für jene?" antwortete ich. „Kommen Sie, Herr Professor, da ist ein Fremder, der eine Reise gemacht hat, um mit Ihnen sprechen zu können. Sie werden doch gewiß nicht unhöflich gegen ihn sein wollen."

„Nun gut", murrte er, „Sie kommen mit uns und besorgen das Sprechen. Aber ich erhebe im Voraus Protest gegen ein derartiges gewaltsames Eindringen in mein Privatleben."

Schimpfend und knurrend trollte er sich hinter mir her wie ein schlechtgelaunter Kettenhund.

Der lebhafte junge Amerikaner zog sein Notizbuch heraus und kam sofort zur Sache.

„Ich bin gekommen, Herr Professor", sagte er, „weil unsere Leute in Amerika gern Näheres über die Gefahr wissen möchten, welche Ihrer Meinung nach die ganze Welt bedroht."

„Ich weiß von keiner Gefahr, welche jetzt die Welt bedroht", sagte Challenger brummig.

Mit milder Verwunderung sah der Journalist auf.

"Ich meine die Möglichkeit, Herr Professor, daß die Welt in eine Zone giftigen Äthers gelangen könnte."

„Ich fürchte jetzt nichts derartiges", erwiderte Challenger.

Der Journalist blickte noch erstaunter drein.

„Sie sind doch Professor Challenger?" fragte er.

„Ja, so heiße ich, mein Herr."

„Dann begreife ich nicht, wie Sie sagen können, daß eine Gefahr nicht besteht. Ich beziehe mich auf Ihren eigenen Brief, der, mit Ihrem Namen unterzeichnet, diesen Morgen in der Londoner ‚Times' veröffentlicht wurde."

Jetzt war es an Challenger, erstaunt dreinzusehen.

„Heute morgens? Heute morgens ist, soviel ich weiß, keine Nummer der ‚Times' erschienen."

„Aber, Herr Professor", sagte der Amerikaner mit sanftem Vorwurf, „Sie werden doch wohl zugeben, daß die ‚Times' ein täglich erscheinendes Blatt sind." Er zog eine Nummer aus seiner Rocktasche. „Da ist der Brief, den ich meine."

Challenger schmunzelte und rieb sich die Hände.

„Ich beginne zu begreifen", sagte er. „Sie haben also diesen Brief heute morgens gelesen?"

„Ja, mein Herr."

„Und sind sogleich zu mir gekommen, um mich zu interviewen?"

„Jawohl."

„Ist Ihnen auf der Fahrt hierher nichts Außergewöhnliches aufgefallen?"

„Wenn ich genau sein soll, ist mir die Bevölkerung viel lebhafter und zugänglicher erschienen als je zuvor. Der Gepäckträger begann mir eine lustige Geschichte zu erzählen – in Ihrem Lande ist mir derlei noch nicht passiert."

„Sonst nichts?"

„Nein, mein Herr, ich wüßte sonst nichts."

„Nun gut, wann sind Sie vom Victoria-Bahnhof abgefahren?"

Der Amerikaner lächelte. „Ich bin hergekommen, Sie zu interviewen, Herr Professor, aber Sie scheinen nun den Spieß umzudrehen. Sie fragen ja mehr als ich."

„Mich interessiert eben Verschiedenes. Wissen Sie noch, wie spät es war?"

„Gewiß. Es war ein halb nach zwölf."

„Wann sind Sie eingetroffen?"

„Um ein viertel nach zwei."

„Sie haben eine Droschke genommen?"

„Jawohl."

„Was glauben Sie wohl, wie weit der Weg vom Bahnhof bis hierher ist?"

„Ich denke so gegen zwei Meilen."

„Und welche Zeit haben Sie Ihrer Schätzung nach für den Weg benötigt?"

„Mit diesem asthmatischen Vieh wahrscheinlich eine halbe Stunde."

„Dann müßte es jetzt drei Uhr sein?"

„Ungefähr."

„Sehen Sie auf Ihre Uhr."

Der Amerikaner gehorchte und starrte uns dann ganz verblüfft an.

„Was sagt man!" rief er. „Die Uhr ist abgelaufen. Das Pferd hat unbedingt jeden Rekord gebrochen. Zweifellos. Die Sonne steht schon ziemlich tief, wie ich sehe. Irgend etwas stimmt da nicht, aber ich weiß nicht, was es ist."

„Erinnern Sie sich nicht an irgend etwas Bemerkenswertes, das Ihnen während der Wagenfahrt hierher aufgefallen ist?"

„Ich kann mich nur erinnern, daß ich unterwegs auf einmal sehr schläfrig geworden bin. Jetzt fällt mir auch ein, daß ich dem Kutscher etwas mitteilen wollte und daß ich ihn nicht dazu bringen konnte, mich anzuhören. Ich glaube, daß die Hitze daran Schuld war. Einen Augenblick lang fühlte ich mich sehr schwindlig. Das ist alles."

„So ist es der ganzen Menschheit ergangen", sagte Challenger zu mir. „Alle fühlten sich einen Augenblick lang sehr schwindlig, aber noch niemand hat auch nur die leiseste Ahnung, was eigentlich mit ihm vorgegangen ist. Jeder wird seine begonnene Arbeit fortsetzen, so wie Austin seinen Spritzschlauch wieder zur Hand genommen hat und die Golfspieler zu ihrem Spiel zurückgekehrt sind. Ihr Redakteur, Malone, wird wieder an die Herausgabe seiner Zeitung gehen und sich sehr wundern, daß eine Tagesausgabe fehlt. Ja, junger Freund", wandte er sich in einem unerwarteten Ausbruch guter Laune an den amerikanischen Reporter, „vielleicht wird es Sie interessieren, daß die Welt wohlbehalten die Giftzone durchquert hat, die gleich einem Golfstrom den ätherischen Ozean durchfließt. Es dürfte auch von Vorteil für Sie sein, wenn Sie sich mit dem Gedanken vertraut machen, daß wir heute nicht Freitag, den siebenundzwanzigsten August, sondern Samstag, den achtundzwanzigsten schreiben und daß Sie volle achtundzwanzig Stunden bewußtlos in Ihrer Droschke auf Rotherfield Hill zugebracht haben."

„Und gerade hier" – wie mein amerikanischer Kollege sagen würde – will ich meine Erzählung abschließen. Wie der Leser zweifellos merken wird, ist dies nur eine ausführlichere und mit mehr Einzelheiten ausgestattete Wiederholung des Berichtes, welcher in der Montagausgabe der „Daily Gazette" erschien – eines Berichtes, der einstimmig als die größte journalistische Sensation aller Zeiten bezeichnet wird und von welchem nicht weniger als drei und eine halbe Million Exemplare abgesetzt worden sind. In meinem Zimmer prangen an der Wand eingerahmt die folgenden prachtvollen Überschriften:

DIE WELT ACHTUNDZWANZIG STUNDEN IM BAN-NE DER SCHLAFSUCHT.

NIE DAGEWESENES EREIGNIS.
CHALLENGER GERECHTFERTIGT.

UNSER KORRESPONDENT ENTGEHT DEM UNHEIL.

SPANNENDER BERICHT.

DAS SAUERSTOFFZIMMER.

EINE UNHEIMLICHE AUTOMOBILFAHRT

DAS TOTE LONDON.

DER FEHLENDE TAG.

VERHEERENDE BRÄNDE UND VERLUSTE AN MENSCHENLEBEN.

IST EINE WIEDERHOLUNG MÖGLICH?

Unterhalb dieser herrlichen Aufzählung kommt der Bericht, welcher neuneinhalb Spalten umfaßt und die erste, letzte und einzige Darstellung des Erlebnisses des Planeten bringt, soweit ein einzelner Beobachter während des einen endlosen Tages davon aufzeichnen konnte. Summerlee und Challenger haben den Vorgang in einer ausschließlich wissenschaftlichen Zeitschrift behandelt, während mir der populäre Bericht zugefallen ist. Ich kann wohl singen: *„Nunc dimittis!"* Was bleibt dem Journalisten nach Derartigem noch als Steigerung übrig?

Ich will aber nicht mit sensationellen Titelüberschriften und einem lediglich persönlichen Triumph abschließen. Lassen Sie mich lieber die klangvollen Sätze zitieren, mit welchen unsere größte Tageszeitung ihren großartigen Leitartikel über dieses Thema schloß – einen Leitartikel, der im Gedächtnis eines jeden denkenden Menschen haften soll:

„Es ist eine allgemein bekannte Wahrheit", stand in den ‚Times', „daß unser Menschengeschlecht den unendlich latenten Kräften gegenüber, die uns umgeben, vollkommen widerstandslos ist. Die Propheten des Altertums und die Philosophen unserer Zeit haben uns dies als Warnung und Mahnung zugerufen. Aber wie alle oft wiederholten Wahrheiten, hat auch diese im Laufe der Zeit ihre Aktualität und zwingende Gewalt verloren. Eine Lehre, eine wirkliche Erfahrung war nötig, um sie uns wieder in Erinnerung zu bringen. Aus dieser gewiß heilsamen, aber entsetzlichen Gottesfügung sind wir hervorgegangen mit einem Gemüt, das die Plötzlichkeit des Schlages noch nicht hat verwinden können, mit einem Geist, der durch die Erkenntnis unserer beschränkten Macht und Unzulänglichkeit geläutert worden ist. Die Welt hat für diese Lehre einen grauenvollen Preis bezahlt. Wir kennen noch nicht den vollen Umfang der Unglücksfälle, doch schon die völlige Vernichtung von New-York, Orleans und Brighton durch Feuer gehört zu den schwersten Tragödien des Menschengeschlechtes. Erst wenn ein vollständiger Bericht über die Eisenbahnunfälle und Schiffskatastrophen vorliegen wird, dann erst wird sich das Unheil überblicken lassen. Allerdings liegen Beweise dafür vor, daß in der Mehrzahl der Fälle die Lokomotivführer und Schiffsmaschinisten es noch fertig gebracht haben, die Maschinen ihrer Fahrzeuge zum Stillstand zu bringen, ehe sie selbst der Schlafsucht zum Opfer fielen. Nicht der Schaden an Menschenleben und Material, so bedeutend er an sich sein mag, soll unseren Geist heute vor allem beschäftigen. Im Laufe der Zeiten wird all dies vergessen werden. Was nicht vergessen werden darf und ewig unserem Gemüt eingeprägt bleiben soll, das ist die Erkenntnis der unbegrenzten Möglichkeiten im Weltall, durch die unsere unwissende Selbstzufriedenheit zerschmettert und in uns das Bewußtsein geweckt wurde, daß unsere materielle Existenz einen unendlich schmalen Pfad bildet, der zu beiden Seiten von tiefen Abgründen umgeben ist. Feierlichkeit und Demut zugleich sind die Grundlagen unserer gegenwärtigen Stimmung. Mögen sie das Fundament bilden, auf dem ein ernsteres und ehrerbietigeres Geschlecht ein würdiges Gotteshaus errichten wird."

Finis